ふたごの最強総長《さいきょうそうちょう》さまが甘々《あまあま》に独占《どくせん》してくる(汗《あせ》)

【取《と》り扱《あつか》い注意《ちゅうい》⚠最強男子《さいきょうだんし》シリーズ】

みゅーな**・著　久我山《くがやま》ぼん・絵

野いちごジュニア文庫

転入《てんにゅう》した学園《がくえん》で、いきなりふたごの最強総長《さいきょうそうちょう》さまに気《き》に入《い》られちゃった⁉
しかも、ふたりの特別《とくべつ》だって証《あかし》のローズまで渡《わた》されて――。

「俺《おれ》の特別《とくべつ》は妃那《ひな》だけ」

「今《いま》だけ……僕《ぼく》が妃那《ひな》ちゃんを独占《どくせん》してるんだよ」

それに、まさかの敵《てき》チームの総長《そうちょう》さまも参戦《さんせん》⁉

「やっぱ雪都《ゆきと》くんのものにしておくの……もったいないな」

わたしの学園生活《がくえんせいかつ》、波乱《はらん》の幕開《まくあ》けです！

取り扱い注意⚠
最強男子《さいきょうだんし》シリーズ

＼ふたごの／最強総長《さいきょうそうちょう》さまが甘々《あまあま》に独占《どくせん》してくる（汗《あせ》）

人物紹介《じんぶつしょうかい》

望月《もちづき》　雪都《ゆきと》

妃那《ひな》と同《おな》じクラスで、『ブルーム』の総長《そうちょう》。なんでもできてみんながあこがれる完璧男子《かんぺきだんし》だけど、普段《ふだん》は無気力《むきりょく》で妃那以外《ひないがい》に興味《きょうみ》がない。

桃園《ももぞの》　妃那《ひな》

優《やさ》しさと芯《しん》の強《つよ》さを持《も》ちあわせた、中学《ちゅうがく》２年生《ねんせい》の女《おんな》の子《こ》。転入《てんにゅう》先《さき》である花城学園《はなしろがくえん》を仕切《しき》る最強《さいきょう》のふたごに、同時《どうじ》に気《き》に入《い》られちゃって…！

『ブルーム』とは…

花城学園《はなしろがくえん》をふくむ一帯《いったい》の治安《ちあん》を守《まも》るチーム。望月兄弟《もちづききょうだい》が総長《そうちょう》として仕切《しき》っており、同《おな》じエリアに『エーデ』という敵《てき》チームがいる。

有垣《うがき》　瑛樹《えいき》

妃那《ひな》と雪都《ゆきと》のクラスメイトで『ブルーム』の幹部《かんぶ》。雪都《ゆきと》のサポートをする存在《そんざい》で、やんちゃな見《み》た目《め》だけど優《やさ》しい。

望月《もちづき》　柊都《しゅうと》

雪都《ゆきと》のふたごの兄《あに》で、一緒《いっしょ》に『ブルーム』を仕切《しき》っている王子系男《おうじけいだん》子《し》。分析《ぶんせき》や戦術《せんじゅつ》を立《た》てるのが得意《とくい》な頭脳派《ずのうは》タイプ。

朱凰《すおう》　京利《きょうり》

敵《てき》チーム『エーデ』の総長《そうちょう》で、白金学園《しろがねがくえん》に通《かよ》う中学《ちゅうがく》3年生《ねんせい》。一《いっ》見《けん》優《やさ》しそうだが、雪都《ゆきと》のことをよく思《おも》っていないみたいで…？

苑井《そのい》　創士《そうし》

柊都《しゅうと》の補佐的存在《ほさてきそんざい》で、『ブルーム』の幹部《かんぶ》。柊都《しゅうと》のことをとても慕《した》っており、妃那《ひな》への態《たい》度《ど》は少《すこ》し怖《こわ》い。

あらすじ

中《ちゅう》2の妃那《ひな》がある日《ひ》、倒《たお》れていた**超《ちょう》イケメン・雪都《ゆきと》**を助《たす》けると…

彼《かれ》の正体《しょうたい》はなんと、妃那《ひな》の転入先《てんにゅうさき》の学校《がっこう》を仕切《しき》る**最強総長《さいきょうそうちょう》さま**だった！

しかも、**ふたごの兄《あに》・柊都《しゅうと》**も雪都《ゆきと》と一緒《いっしょ》に学園《がくえん》をとりまとめていて…

ふたりに“特別《とくべつ》の証《あかし》”である、

ローズをもらっちゃった!?

クールで無気力《むきりょく》な弟《おとうと》・雪都《ゆきと》くんと
王子《おうじ》さまみたいな兄《あに》・柊都《しゅうと》くん。
甘《あま》すぎるふたりから
まさかの取《と》り合《あ》い!?
そんな時《とき》、ふたご兄弟《きょうだい》と敵対《てきたい》するチーム
のトップからも目《め》をつけられて…!
平穏《へいおん》だった毎日《まいにち》に、波乱《はらん》の予感《よかん》!?
いったいこれから
どうなっちゃうの——?
続《つづ》きは小説《しょうせつ》を読《よ》んでね!

もくじ

雪《ゆき》の日《ひ》の出会《であ》い

「わぁ、雪《ゆき》すごい積《つ》もってる！」

わたし桃園妃那《ももぞのひな》、中学二年生《ちゅうがくにねんせい》。

今《いま》は冬休《ふゆやす》み中《ちゅう》で、新《あたら》しい家《いえ》の窓《まど》から真《ま》っ白《しろ》の雪景色《ゆきげしき》をながめているところ。

じつは、お父《とう》さんの仕事《しごと》の都合《つごう》で、一昨日《おととい》この街《まち》に家族《かぞく》で引《ひ》っ越《こ》してきたばかり。

冬休《ふゆやす》み明《あ》けから新《あたら》しい学校《がっこう》に通《かよ》うことになってる。

転入生《てんにゅうせい》として、新《あたら》しい環境《かんきょう》でやっていけるか少《すこ》し不安《ふあん》もあるけど……。

ワクワクした気持《きも》ちもいっぱい。

「妃那《ひな》〜。今《いま》ちょっとお母《かあ》さん手《て》が離《はな》せないから、買《か》い物頼《ものたの》んでもいい〜？」

お母《かあ》さんは、まだ終《お》わっていない荷《に》ほどきで忙《いそが》しそう。

わたしができることは手伝《てつだ》わないと。

「うん、わかった。近《ちか》くにスーパーあるんだったよね？」

「そうそう。大通《おおどお》りに出《で》たところにあるから。みりんとおしょうゆ買《か》ってきてくれる？」

「はーい。じゃあ、行《い》ってくるね」

今《いま》ちょうど雪《ゆき》が止《や》んでるタイミングだ。

でも、昨日《きのう》からずっと降《ふ》っていたから、雪《ゆき》が結構積《けっこうつ》もってる。

「うぅ、さむっ……」

コートとマフラーでばっちり防寒対策《ぼうかんたいさく》したのに、外《そと》の空気《くうき》は肌《はだ》を刺《さ》すような寒《さむ》さ。

スマホの地図《ちず》アプリを頼《たよ》りに、大通《おおどお》りを目指《めざ》す。

新《あたら》しい家《いえ》からスーパーまで、歩《ある》いて十分《じゅっぷん》くらいで到着《とうちゃく》。道《みち》に迷《まよ》わなくてよかった。

それから頼《たの》まれたものを買《か》って、あとは家《いえ》に帰《かえ》るだけ……だったんだけど。

「あっ、どうせなら中学校《ちゅうがっこう》を見《み》に行《い》ってみようかな」

新《あたら》しく通《かよ》う予定《よてい》の中学校《ちゅうがっこう》も、家《いえ》から近《ちか》い場所《ばしょ》にある。

相変《あいか》わらずどんよりした空《そら》を見上《みあ》げながら、わたしが通《かよ》う予定《よてい》の花城学園《はなしろがくえん》へ。

「冬休《ふゆやす》み明《あ》けからここに通《かよ》えるんだぁ」

門《もん》の外《そと》から見《み》ても、真《ま》っ白《しろ》の校舎《こうしゃ》がきれいなのがわかる。

最近《さいきん》、近隣《きんりん》の学校《がっこう》と合併《がっぺい》したのもあって、そのときに校舎《こうしゃ》をぜんぶ工事《こうじ》して新《あたら》しくしたんだとか。

「あっ、あんまり遅《おそ》くなるとお母《かあ》さんが心配《しんぱい》するから早《はや》く帰《かえ》らないと」

新《あたら》しい友《とも》だちができたらいいなぁ。

冬休《ふゆやす》みが明《あ》けるの今《いま》から楽《たの》しみ。

期待《きたい》に胸《むね》をふくらませて、家《いえ》に帰《かえ》ろうとしたらまさかの出来事《できごと》が。

「ん……？　んん!?」

積《つ》もった真《ま》っ白《しろ》の雪《ゆき》の上《うえ》に、誰《だれ》かたおれてる……！

わたしと同《おな》い年《どし》くらいの男《おとこ》の子《こ》で、あお向《む》けの状態《じょうたい》で両手《りょうて》を広《ひろ》げて目《め》を閉《と》じてる。

「す、すごい整《ととの》った顔《かお》してる」

真《ま》っ白《しろ》な雪《ゆき》とは対照的《たいしょうてき》な、つやっぽい黒髪《くろかみ》……鼻筋《はなすじ》だってしっかり通《とお》ってるし、唇《くちびる》もうすくてきれいで、顔《かお》の輪郭《りんかく》もはっきりして……って、見《み》とれてる場合《ばあい》じゃなくて！

さっきからまったく動《うご》いてないし、これは何《なに》かあってたおれてるに違《ちが》いない。

「あの、大丈夫《だいじょうぶ》ですかっ！」

声《こえ》をかけるけど反応《はんのう》がない。

こんな雪《ゆき》の中《なか》にずっとたおれていたら、きっと体温《たいおん》も下《さ》がってるから。

自分《じぶん》の着《き》ているコートをぬいで、男《おとこ》の子《こ》の上《うえ》にかぶせた。

「これで少《すこ》しはマシになるかな」

マフラーも男《おとこ》の子《こ》の首《くび》にまいてあげた。

ちょっとでも身体《からだ》が温《あたた》かくなるように、わたしができることを精《せい》いっぱい考《かんが》える。

「救急車《きゅうきゅうしゃ》呼《よ》んだほうがいいのかな」

周《まわ》りに人《ひと》はいないから、助《たす》けを呼《よ》べないし。

大通《おおどお》りのほうに戻《もど》って、誰《だれ》か大人《おとな》を連《つ》れてくるべき……？

けど、このままここを離《はな》れるのも心配《しんぱい》だし。

「ど、どうしよう」

ひたすら頭《あたま》をなやませてると。

「……ん」

い、いま反応《はんのう》した……!?

男《おとこ》の子《こ》からわずかに声《こえ》が聞《き》こえた気《き》がする。

すると、閉《と》じていた目《め》がゆっくり開《あ》いて、わたしを見《み》た。

「……なんかあったかい」

わっ、瞳《ひとみ》の透明感《とうめいかん》すごいし、かっこいい。

目《め》を開《あ》けたら、とびきりのイケメンだ。

まさに〝容姿端麗《ようしたんれい》〟って言葉《ことば》が似合《にあ》う。

「よ、よかったぁ……目《め》が覚《さ》めて。えっと、体調《たいちょう》は大丈夫《だいじょうぶ》？　わたしに何《なに》かできること
あれば遠慮《えんりょ》なく言《い》ってもらえたら……」

……って、あれ？

相手《あいて》の男《おとこ》の子《こ》は、なんでそんなあわててるの？みたいな顔《かお》をしてる。

なんだか必死《ひっし》なわたしと比《くら》べて、温度差《おんどさ》を感《かん》じるような……。

「もしかして、俺《おれ》に何《なに》かあったと思《おも》って心配《しんぱい》してくれてる？」

口角《こうかく》がわずかに上《あ》がって、うっすらした笑《え》みでわたしを見《み》てる。

「し、心配《しんぱい》するに決《き》まってるよ！　だって、こんな雪《ゆき》の中《なか》でたおれてたら――」

「あー……これ、たおれてるんじゃないよ」

「……へ？」

「雪《ゆき》の上《うえ》で寝《ね》るのにはまってんの」

「は、はい？」

「何《なに》もやる気《き》ないときとか、嫌《いや》なことあったときにやるといいよ」

な、何《なに》それ……っ。体調不良《たいちょうふりょう》かと思《おも》って、本気《ほんき》であせったのに。

ただ寝《ね》てただけなんて。

安心《あんしん》して気《き》が抜《ぬ》けたのか、わたしはその場《ば》にへなっと座《すわ》り込《こ》んだ。

何《なに》かあったらどうしようって不安《ふあん》で。

人《ひと》がたおれてるところに遭遇《そうぐう》したら、全然冷静《ぜんぜんれいせい》でいられなかった。

「ほ、ほんとに心配《しんぱい》したんだよ……っ」

でもとりあえず、何事《なにごと》もなくてほんとによかった。

「そんな俺《おれ》のこと心配《しんぱい》してくれたんだ……ごめん」

「もうこんなことしちゃダメだよ」

「んー……俺《おれ》、守《まも》れる約束《やくそく》しかしないから」

つまり、また雪《ゆき》の中《なか》で寝《ね》るつもりってことだ。

「まあ、あんまやりすぎると身体《からだ》に悪《わる》そうだから、ほどほどにしとく」

なんか謎《なぞ》が多《おお》い男《おとこ》の子《こ》だなぁ。

でも、ゆるそうな雰囲気《ふんいき》がなんとなく合《あ》ってる気《き》がする。

それに、なんか放《ほう》っておけないっていうか、ひきこまれるものがあるなぁ……なんて。

「キミみたいな優《やさ》しい子《こ》もいるんだね」

そう言《い》って、さっき男《おとこ》の子《こ》にかぶせたコートをわたしに着《き》せてくれて、マフラーもきれいにまいてくれた。

「……ん、これもあげる。助《たす》けてくれたお礼《れい》ね」

男《おとこ》の子《こ》が、コートの中《なか》に忍《しの》ばせていたらしい使《つか》い捨《す》てカイロをくれた。

「わっ、あったかい！　でも、わたしがもらったら寒《さむ》くない？」

「俺《おれ》の心配《しんぱい》はしなくていいよ」

身体《からだ》についた雪《ゆき》をパッパッとはらって立《た》ち上《あ》がり、ふらっと歩《ある》き出《だ》した。

気《き》まぐれで、まるで猫《ねこ》みたい。

「あの、風邪《かぜ》ひかないでね！」

「……ん、ありがと」

雪《ゆき》の日《ひ》に出会《であ》った、謎《なぞ》に包《つつ》まれたどこか不思議《ふしぎ》な男《おとこ》の子《こ》。

ブラックローズ

冬休《ふゆやす》み明《あ》けの今日《きょう》、新《あたら》しい学園《がくえん》の始業式《しぎょうしき》へ。

新《あたら》しい制服《せいふく》に腕《うで》を通《とお》して、気合《きあ》いはじゅうぶん。

学園《がくえん》の入《い》り口《ぐち》まではたどり着《つ》いたんだけど……。

「こ、校舎《こうしゃ》の数《かず》が多《おお》いし広《ひろ》すぎる……」

いざ中《なか》に入《はい》ってみると、外《そと》から見《み》ていたよりさらに広《ひろ》く感《かん》じる。

敷地内《しきちない》の面積《めんせき》の広《ひろ》さもそうだし、校舎《こうしゃ》の数《かず》もいくつあるんだろう？

しかも、外装《がいそう》がほとんど一緒《いっしょ》だから、見分《みわ》けがまったくつかない。

さすが生徒数《せいとすう》も全国《ぜんこく》でトップを争《あらそ》うくらいのことはある。

ここ花城学園《はなしろがくえん》は、勉強《べんきょう》もスポーツも芸術《げいじゅつ》も、自分《じぶん》のやりたいことにひたすら打《う》ち込《こ》める校風《こうふう》。

普通科《ふつうか》、特進科《とくしんか》、芸術科《げいじゅつか》、スポーツ科《か》、グローバル科《か》――五《いつ》つの科《か》に分《わ》かれている。

転入前《てんにゅうまえ》に希望《きぼう》の学科《がっか》を選択《せんたく》できるんだけど、わたしは特《とく》に希望《きぼう》がなかったので普通科《ふつうか》を選択。でも、転入テストがたまたま得意な問題ばかりが出たおかげで、特進科《とくしんか》に入《はい》らないかって学園側《がくえんがわ》からおさそいを受《う》けて、特進科《とくしんか》に進《すす》むことに。

校舎《こうしゃ》もそれぞれの学科《がっか》で分《わ》かれていて、わたしは二年生《にねんせい》の特進科《とくしんか》Aクラス。

その前《まえ》に職員室《しょくいんしつ》に行《い》かないと。

とりあえず、誰《だれ》かに声《こえ》をかけて場所《ばしょ》を聞《き》くのがいちばん早《はや》いかも。

こちらに歩《ある》いてきてるふたり組《ぐみ》の女《おんな》の子《こ》に声《こえ》をかけてみることに。

「あの、すみません！　特進科《とくしんか》がある校舎《こうしゃ》ってどこにありますか？　今日《きょう》ここに転入《てんにゅう》してきたばかりで、場所《ばしょ》がわからなくて」

「えー、この時期《じき》に転入《てんにゅう》ってめずらしい！　えっとね、特進科《とくしんか》の校舎《こうしゃ》の場所《ばしょ》って複雑《ふくざつ》だからちょっと待《ま》っててねー」

カバンの中《なか》からタブレットを出《だ》して、校内《こうない》の地図《ちず》の画像《がぞう》をわたしに見《み》せながら、わかりやすく教《おし》えてくれた。

「それにしても、転入生《てんにゅうせい》で特進科《とくしんか》に入《はい》れちゃうなんてすごいね！」

「だよね！　入《はい》りたくてもなかなか入《はい》れないエリートが集《あつ》まる学科《がっか》だし！　特進科《とくしんか》の転《てん》入《にゅう》テストって、ものすごい難関《なんかん》でクリアする生徒《せいと》はいたことないってウワサだよ？　ここに通《かよ》ってる生徒《せいと》の半数以上《はんすういじょう》は普通科《ふつうか》だもん」

特進科《とくしんか》って、そんなにすごい学科《がっか》だったんだ。

もともと勉強《べんきょう》が好《す》きだけど、そんなにレベルが高《たか》いって聞《き》いて、やっていけるかちょっと不安《ふあん》かも。

「しかも！　特進科《とくしんか》といえば、あのふたりがいるもんね！」

あのふたり？　誰《だれ》か有名《ゆうめい》な人《ひと》でもいるのかな。

「望月兄弟《もちづききょうだい》だよねっ！　あのふたりと同《おな》じ学科《がっか》なんてうらやましい〜！」

「えっと、そのふたりって、そんなに有名《ゆうめい》なんですか？」

「もちろん‼　この学園《がくえん》でふたりのこと知《し》らない人《ひと》なんかほとんどいないよ！」

「ふたごで『ブルーム』ってチームの総長《そうちょう》やってるの！」

「そ、総長《そうちょう》？」

「本来《ほんらい》チームの総長《そうちょう》はひとりなんだけど、望月兄弟《もちづききょうだい》は特別《とくべつ》なんだよね。ふたりともほんとに強《つよ》くて、お兄《にい》さんの柊都《しゅうと》くんは頭脳派《ずのうは》で、弟《おとうと》の雪都《ゆきと》くんはオールラウンダーなの」

「まだ二年生《にねんせい》だけど、ブルームの総長《そうちょう》として、この学園《がくえん》ふくむ一帯《いったい》の治安《ちあん》を守《まも》ってるんだよ！　だからね、ふたりにあこがれる人《ひと》はたくさんいるし、でもそんな簡単《かんたん》に近《ちか》づける存在《そんざい》でもないの！」

わたしとは住《す》む世界《せかい》が違《ちが》う人《ひと》たちなんだなぁ。

「わたしも柊都《しゅうと》くんとお近《ちか》づきになりたーい！　王子《おうじ》さまみたいなルックスで優《やさ》しい笑《え》顔向《がおむ》けられたら、もう心臓《しんぞう》もたないって！」

「わたしは雪都《ゆきと》くん派《は》かなー。何考《なにかんが》えてるかわからないミステリアスなところがいいんだよね！」

なるほど。この学園《がくえん》で有名《ゆうめい》な望月兄弟《もちづききょうだい》の人気《にんき》は、兄派《あには》と弟派《おとうとは》で分《わ》かれてるんだ。

「あと、ふたりともめちゃくちゃイケメンなの！　顔面強《がんめんつよ》いってまさに望月兄弟《もちづききょうだい》のことって感《かん》じだから！」

顔面《がんめん》がとにかく強《つよ》いふたごの総長《そうちょう》……望月兄弟《もちづききょうだい》。

とりあえず、関《かか》わることはないだろうけど、この学園《がくえん》で過《す》ごしていくにはちゃんと覚《おぼ》えておいたほうがいいのかな。

「あっ、もうこんな時間《じかん》だ！　わたしたちそろそろ行《い》かなきゃ！　それじゃ、また学園内《がくえんない》で会《あ》ったら話《はな》そうねー。望月兄弟《もちづききょうだい》どっち派《は》かまた聞《き》かせて！」

こうして、ふたりと別《わか》れてからさっき教《おし》えてもらった通《とお》り、特進科《とくしんか》の校舎《こうしゃ》を目指《めざ》したんだけど。

「な、なんでこんなところに……」

少《すこ》し古《ふる》びた校舎《こうしゃ》のほうへ来《き》てしまった。

さっきまでのにぎわいから一変《いっぺん》、ここは静《しず》かでうす暗《ぐら》くて、あまり人《ひと》がいない。

わたし方向音痴《ほうこうおんち》すぎる……。

「と、とりあえず、早《はや》くここから離《はな》れたほうがいいかも」

学園《がくえん》から支給《しきゅう》されたタブレットで、校内図《こうないず》をもう一度確認《いちどかくにん》。

……したのに、さらに迷《まよ》っちゃって、校舎《こうしゃ》の裏側《うらがわ》に足《あし》をふみ入《い》れてしまい——。

「お前《まえ》、誰《だれ》だよ」

ひぃ……な、なんかガラの悪《わる》そうな男《おとこ》の子《こ》がたくさん。

ザッと見《み》ても二十人《にじゅうにん》くらいいる。

みんな地面《じめん》に座《すわ》り込《こ》んで、わたしをじっとにらんでる。

治安《ちあん》の悪《わる》いグループのたまり場《ば》のような……。

こ、これは逃《に》げたほうがいい……うん、ぜったい。

「す、すみません、失礼《しつれい》しました……！」

──なんて、あっさり逃《に》がしてもらえるわけもなく。

「待《ま》てよ。こんなところに女《おんな》ひとりで来《く》るなんて、おもしれーじゃん」

「それに、よく見《み》たら結構《けっこう》かわいいし。俺《おれ》らと楽《たの》しいことしない？」

ニッと笑《わら》って、こっちに近《ちか》づいてくる。

ゾッとした一瞬《いっしゅん》、腕《うで》をつかまれて数人《すうにん》にかこまれた。

もうこれで完全《かんぜん》に逃《に》げ場《ば》なし。

「ほんとかわいい顔《かお》してんじゃん。普通《ふつう》に帰《かえ》すのもったいねーな」

「あ、あの、こういうの迷惑《めいわく》です。急《いそ》いでるので離《はな》してください」

「はぁ？　俺《おれ》らに口答《くちごた》えすんの？」

「口答《くちごた》えとかじゃなくて、お願《ねが》いしてるんです。ほんとに困《こま》るのでやめてください」

「生意気《なまいき》な口《くち》きいてんじゃねーよ！」

声《こえ》を荒《あら》らげて、近《ちか》くに置《お》いてある段《だん》ボールをけり飛《と》ばした。

こ、これは逆《さか》なでしてしまった……かも。

でも、おびえていたら、もっとひどいことされそうだったから。

どうしよう……こうなったら、大声《おおごえ》でさけんで助《たす》けを呼《よ》ぶしか──。

「なぁー……うるさいんだけど」

上《うえ》からそんな声《こえ》が聞《き》こえてきた。

「おい、あそこに誰《だれ》かいるぞ！」

全員《ぜんいん》の目線《めせん》が上《うえ》に向《む》いた。

わたしもつられて上《うえ》を見《み》ると……えっ、誰《だれ》か落《お》ちてくる⁉

少《すこ》し高《たか》さのある窓《まど》から人影《ひとかげ》が見《み》えて、そのまま身《み》を乗《の》り出《だ》してわたしたちの前《まえ》に見事《みごと》に着地《ちゃくち》した。

こ、これはいったい何《なに》が起《お》きてるの？

い、いま窓《まど》から飛《と》び降《お》りてきたのはいったい誰《だれ》――。

「……あー、この前《まえ》の。また会《あ》ったね」

うっすら笑《え》みを浮《う》かべながら、のんきに片手《かたて》をひらひら振《ふ》ってる。

あれ、この男《おとこ》の子《こ》どこかで見《み》たことある……あっ、雪《ゆき》の中《なか》で寝《ね》てた子《こ》だ！

な、なんでここに？

この前《まえ》は雪《ゆき》の中《なか》で寝《ね》てたり、今日《きょう》はいきなり上《うえ》から飛《と》び降《お》りてきたり……行動《こうどう》が予測不《よそくふ》能《のう》すぎるよ。

「コイツ、望月雪都《もちづきゆきと》じゃねーか⁉　なんでここに……⁉」

「これ以上《いじょう》からむと、やっかいだぞ……！」

この場《ば》にいる全員《ぜんいん》が、まずいって顔《かお》をしてどぎまぎしてるのがわかる。

「昼寝《ひるね》してたら外《そと》が騒《さわ》がしかったからさ」

昼寝《ひるね》って、まだ朝《あさ》なのに……って、今《いま》はそんなのどうでもよくて！

「……で、お前《まえ》ら何《なに》してんの？」

声色《こわいろ》と目《め》つきが一瞬《いっしゅん》で変《か》わった。

ここにいる全員《ぜんいん》が、息《いき》をのむ……そんな空気《くうき》に一瞬《いっしゅん》でしてしまう彼《かれ》はいったい――。

「……この子《こ》、俺《おれ》のなんだけど」

彼《かれ》が一歩《いっぽ》ふみ込《こ》むと、全員《ぜんいん》が身構《みがま》えるように一歩《いっぽ》引《ひ》く。

まるで、彼《かれ》の放《はな》つオーラに圧倒《あっとう》されてるみたいで。

「なぁ……なんか言《い》えよ」

刹那《せつな》、苦《くる》しそうな声《こえ》をあげて、ひとりその場《ば》にたおれた。

えっ、うそ。本当《ほんとう》に一瞬《いっしゅん》のことすぎて、何《なに》が起《お》きたのかわからない。

「……まずひとり」

まばたき厳禁《げんきん》って、まさにこのこと。

そのあとすぐ、三人《さんにん》が同時《どうじ》にこぶしを振《ふ》りかざしたのが見《み》えた。

さ、さすがにこんな複数人《ふくすうにん》を同時《どうじ》に相手《あいて》にするなんて――。

「ここガラ空《あ》きな」

気《き》づいたら、攻撃《こうげき》を仕掛《しか》けたはずの三人《さんにん》がたおれていた。

「くっ、コイツなんでこんな動《うご》きが速《はや》い――」

「……お前《まえ》らがおせーんだよ」

相手《あいて》の動《うご》きを見切《みき》ってるかのようにすべてかわして、誰《だれ》も近《ちか》づけない。

さらに複数人《ふくすうにん》が同時《どうじ》に彼《かれ》になぐりかかろうとしても、そのこぶしはすべて空《くう》を切《き》り……。

「ぐはっ、う……」

声《こえ》にならない声《こえ》をあげて、地面《じめん》にたおれこんでいく。

相手《あいて》は必死《ひっし》だっていうのに、彼《かれ》はまだ余裕《よゆう》そうに笑《え》みを浮《う》かべるほど。

「ははっ、全然《ぜんぜん》手《て》ごたえないのな」

彼《かれ》に傷《きず》をつけるどころか、近《ちか》づくことすらもできない。

一瞬《いっしゅん》にして、この場《ば》を制圧《せいあつ》してしまった。

「さて……お前《まえ》らはどーする？」

生《い》かすも殺《ころ》すも彼《かれ》しだい……まさにそんな状況《じょうきょう》。

「お前《まえ》らがどうなろうが、俺《おれ》にはカンケーないからさ」

半数以上《はんすういじょう》が横《よこ》たわって動《うご》けない状態《じょうたい》。

他《ほか》にいる数人《すうにん》は、おびえた様子《ようす》でその場《ば》から逃《に》げていった。

あまりに突然《とつぜん》&おどろきの光景《こうけい》を見《み》たわたしは、へなっとその場《ば》に座《すわ》り込《こ》んでしまった。

「あれ、腰抜《こしぬ》かした？」

「び、びっくり……して」

わたしに目線《めせん》を合《あ》わせて、彼《かれ》もしゃがみ込《こ》んだ。

さっき見《み》せたするどい目《め》、冷淡《れいたん》な様子《ようす》はいっさいない。

雪《ゆき》の中《なか》で寝《ね》てた彼《かれ》と、今《いま》の彼《かれ》の差《さ》があまりにはげしすぎて、同一人物《どういつじんぶつ》とは思《おも》えないほど。

いったいどちらが彼《かれ》の本当《ほんとう》の素顔《すがお》なんだろう？

「えっと、助《たす》けてくれてありがとう」

「いーえ。ケガしてない？」

「だ、大丈夫《だいじょうぶ》。ケンカ、強《つよ》いんだね」

「……そう？　これくらい普通《ふつう》だと思《おも》うけど」

これが普通《ふつう》だったら、わたしは弱《よわ》すぎてこの世界《せかい》でどうなることやら。

そういえば、さっき『コイツ、望月雪都《もちづきゆきと》じゃねーか⁉　なんでここに……⁉』って……。

望月雪都《もちづきゆきと》……望月《もちづき》……あっ。

「も、もしかして望月兄弟《もちづききょうだい》……」

「……へぇ、俺《おれ》の名前《なまえ》知《し》ってんだ？」

「さっきウワサで聞《き》いて。ブルーム？ってチームのふたごの総長《そうちょう》だって」

みんなのあこがれで、近《ちか》づくことは簡単《かんたん》にできない存在《そんざい》って……。

わたし、そんなすごい人《ひと》に助《たす》けてもらったんだ。

たしかに、みんなが夢中《むちゅう》になるのわかる……かも。

「俺《おれ》は望月雪都《もちづきゆきと》ね。名前《なまえ》教《おし》えてよ。ってか、この学園《がくえん》の生徒《せいと》だったんだ？」

「えっと、名前《なまえ》は桃園妃那《ももぞのひな》で二年生《にねんせい》です。今日《きょう》ここに転入《てんにゅう》してきたばかりで、校内《こうない》で迷子《まいご》になっちゃって」

「……それで、こんな治安《ちあん》の悪《わる》いところ来《き》ちゃったんだ」

「うう、ほんとに運《うん》がないっていうか、方向音痴《ほうこうおんち》すぎて」

望月《もちづき》くんが助《たす》けてくれなかったら、どうなってたことか。

「てっきり泣《な》くかと思《おも》ったけど……妃那《ひな》って強《つよ》いね。さっきだって不良相手《ふりょうあいて》に言《い》い返《かえ》してさ……まだこんなふるえてるのに」

ほんとは怖《こわ》かったし、不安《ふあん》だった。

かすかにふるえる手《て》に力《ちから》を入《い》れて隠《かく》してたのに、どうやら望月《もちづき》くんにはぜんぶお見通《みとお》しみたい。

「……だって、望月《もちづき》くんが助《たす》けてくれたし」

「ははっ、そっか。俺《おれ》、妃那《ひな》みたいな子《こ》なんか好《す》きかも」

「へ……!?　す、好《す》き……!?」

「あと、俺《おれ》のこと雪都《ゆきと》って呼《よ》んで……ね、妃那《ひな》」

距離感《きょりかん》のつめ方《かた》が急《きゅう》すぎるし、気《き》まぐれな言葉《ことば》でまどわせてこないで……！

「ゆ、雪都《ゆきと》……くん！　ち、近《ちか》い……っ」

「……妃那《ひな》にこれあげる」

わたしの制服《せいふく》のえりもとに、黒《くろ》いバラの校章《こうしょう》のようなものがつけられた。

「な、なにこれ？」

「お守《まも》りみたいなもんだよ」

この黒《くろ》いバラの正体《しょうたい》は何《なに》かわからないいまま。

雪都《ゆきと》くんが職員室《しょくいんしつ》まで連《つ》れて行《い》ってくれた。

ちなみに、雪都《ゆきと》くんもわたしと同《おな》じクラスなんだって。

「また会《あ》おーね、妃那《ひな》」

雪都《ゆきと》くんは、そのままふらっとどこかへ行《い》ってしまった。

ほんとに気《き》まぐれっていうか、自由《じゆう》だなぁ。

職員室《しょくいんしつ》で担任《たんにん》の先生《せんせい》に挨拶《あいさつ》をしてから、一緒《いっしょ》に新《あたら》しいクラスへ。

「はーい、皆《みな》さん。今日《きょう》から新《あたら》しくクラスメイトが増《ふ》えます。それじゃあ、桃園《ももぞの》さん中《なか》に

入《はい》ってきて」

ドキドキしながらクラスの中《なか》へ。

さっきまで静《しず》かだったのに、わたしが入《はい》ったとたん、なぜかクラス中《じゅう》がざわつく。

「ねぇ、あの子《こ》がつけてるのブラックローズじゃない⁉」

「あれって雪都《ゆきと》くんのローズだよね⁉　なんであの子《こ》がつけてるの⁉」

な、なんだろう。転入生《てんにゅうせい》って、こんな注目《ちゅうもく》されて騒《さわ》がれるものなのかな。

「はーい、皆《みな》さん静《しず》かに。桃園《ももぞの》さんから自己紹介《じこしょうかい》とみんなにひと言《こと》お願《ねが》いできる？」

「桃園妃那《ももぞのひな》です。両親《りょうしん》の転勤《てんきん》で最近《さいきん》引《ひ》っ越《こ》してきました。えっと、これからよろしくお願《ねが》いします」

それから自分《じぶん》の席《せき》に着《つ》いたけど、周《まわ》りの視線《しせん》がすごい……とくに女《おんな》の子《こ》。

こっちを見《み》て、何《なに》やらヒソヒソ話《はな》してるし。

ブラックローズって聞《き》こえたけど、この黒《くろ》いバラに何《なに》かあるのかな。

雪都《ゆきと》くんはお守《まも》りとか言《い》ってたけど。

それから始業式《しぎょうしき》が行《おこな》われ、今日《きょう》は午前中《ごぜんちゅう》で解散《かいさん》。

帰《かえ》る準備《じゅんび》をしていたら、わたしの席《せき》の前《まえ》にひとりの男《おとこ》の子《こ》が。

「あの、今時間《いまじかん》いいっすか？」

明《あか》るい派手《はで》な髪色《かみいろ》で、目《め》つきもちょっとするどいけど、きりっとした顔立《かおだ》ちでかっこいい男《おとこ》の子《こ》だ。

今日《きょう》のわたしは、なんでこうも男《おとこ》の子《こ》にからまれるんだろう。

「えーっと、怖《こわ》がらせるつもりないんで。俺《おれ》、有垣瑛樹《うがきえいき》っていいます」

「は、はぁ……」

見《み》た目《め》ちょっと怖《こわ》そうだけど、話《はな》してる感《かん》じは優《やさ》しそう……？

「少《すこ》し話《はなし》が聞《き》きたいんで、時間《じかん》あれば廊下《ろうか》で話《はな》せないっすか？」

悪《わる》い人《ひと》ではなさそう……だし。廊下《ろうか》に出《で》て、有垣《うがき》くんと話《はな》すことに。

「えっと、それでわたしに聞《き》きたいことって？」

わたしの制服《せいふく》のえりもとをじっと見《み》てるのがわかる。

「それ、ニセモノとかじゃないっすよね？」

〝それ〟とは、おそらく雪都《ゆきと》くんがくれた黒《くろ》いバラのこと。

女《おんな》の子《こ》たちもこれを見《み》て騒《さわ》いでたし、この黒《くろ》いバラに何《なに》かあるの？

「それ、〝雪都《ゆきと》さんの特別《とくべつ》〟って証《あかし》のブラックローズっすよ」

「ブラック、ローズ?」

「雪都《ゆきと》さんが認《みと》めた女《おんな》だけがもらえる特別《とくべつ》な証《あかし》です」

「み、認《みと》めたってどういうこと!? 雪都《ゆきと》くんはこれお守《まも》りって言《い》ってただけで」

しかも、ものすごい軽《かる》い感《かん》じでつけられただけだし!

そんな大事《だいじ》なものなら言《い》ってくれたらよかったのに……!

「まあ、たしかにブラックローズをつけてれば、からんでくる輩《やから》はいないんで。雪都《ゆきと》さんの特別《とくべつ》な女《おんな》に手出《てだ》すやつなんか、この学園《がくえん》にはいないっすよ。もしそんなやつがいたら、間違《まちが》いなく雪都《ゆきと》さんにつぶされるんで」

「ま、まって。わたしは、ただ雪都《ゆきと》くんに助《たす》けてもらっただけで……。というか、有垣《うがき》くんは何者《なにもの》なの?」

「ってか、雪都《ゆきと》さんがこの学園《がくえん》のトップ——ブルームの総長《そうちょう》ってことは知《し》ってますよね?」

「い、いちおう」

ウワサで聞《き》いたくらいだけど。

「俺《おれ》はブルームの幹部《かんぶ》やってます。雪都《ゆきと》さんに助《たす》けてもらった過去《かこ》があって、すごく尊敬《そんけい》してるし、だからこうしてチームに入《い》れてもらえて光栄《こうえい》だって思《おも》ってます」

「な、なるほど」

ここで有垣《うがき》くんがブルームについていろいろ教《おし》えてくれた。

この学園《がくえん》を仕切《しき》っているブルーム。そのトップに立《た》つ総長《そうちょう》は、ふたごの望月兄弟《もちづききょうだい》。

兄《あに》の柊都《しゅうと》くんは、卓越《たくえつ》した頭脳《ずのう》で敵《てき》の弱点《じゃくてん》を正確《せいかく》に分析《ぶんせき》するのを戦術《せんじゅつ》としている頭脳《ずのう》派《は》タイプ。

弟《おとうと》の雪都《ゆきと》くんは、オールラウンダーという言葉《ことば》がぴったりで、彼《かれ》に勝《か》てる者《もの》は誰《だれ》ひとりとしていない……決《けっ》して敵《てき》に回《まわ》してはいけないと言《い》われるほど強《つよ》い……らしい。

昔《むかし》、同《おな》じエリアにいくつか存在《そんざい》していた派閥《はばつ》が対立《たいりつ》し、抗争《こうそう》が起《お》きた。

その中《なか》で力《ちから》を持《も》っていて、統制《とうせい》の取《と》れているチーム……ブルーム、そしてブルームと敵《てき》対《たい》している『エーデ』という二《に》チームが残《のこ》った。

エーデは他校《たこう》のチームで、あまりいい評判《ひょうばん》がないらしい。

とにかくケンカで相手《あいて》をつぶして、話《はな》し合《あ》いなどにはいっさい応《おう》じない……残酷《ざんこく》なチームなんだとか。

今《いま》は二《に》チームとも落《お》ち着《つ》いてるけど、何《なに》がきっかけで抗争《こうそう》が起《お》こるかわからない緊張《きんちょう》状態《じょうたい》が続《つづ》いてる。

とくに、エーデの総長《そうちょう》が雪都《ゆきと》くんのことをあまりよく思《おも》っていないそう。

「雪都《ゆきと》くんって、そんなにすごい人《ひと》だったんだ」

「すごいも何《なに》も、めちゃくちゃ強《つよ》い人《ひと》っすよ。ただ、だいぶ自由《じゆう》な性格《せいかく》で気《き》まぐれなところあるんで、そのへんが手《て》におえないっす」

たしかに、ふらっとどこかに行《い》っちゃいそうだし、雪《ゆき》の中《なか》で寝《ね》てるくらいだし。

だから、今朝《けさ》からんできた男《おとこ》の子《こ》たちも、雪都《ゆきと》くんを見《み》て青《あお》ざめたような顔《かお》して逃《に》げていったんだ。

「あと、雪都《ゆきと》さんは他人《たにん》にいっさい興味《きょうみ》を示《しめ》さないタイプで。ローズを渡《わた》したことは今《いま》まで一度《いちど》もないんで、妃那《ひな》さんすごいっすよ！　あの雪都《ゆきと》さんに気《き》に入《い》られるなんて」

「だから、わたしはただ雪都《ゆきと》くんに助《たす》けてもらっただけで！」

「雪都《ゆきと》さんにも大切《たいせつ》にしたいと思《おも》える相手《あいて》ができたみたいでよかったっす！」

「え、え？」

まって、有垣《うがき》くん何《なに》か誤解《ごかい》してる⁉

「雪都《ゆきと》さんの特別《とくべつ》は、俺《おれ》たちにとっても守《まも》るべき存在《そんざい》なんで！　何《なに》かあったらいつでも声《こえ》かけてください！」

「いや、だから……」

「あっ、やべ。もう会合《かいごう》の時間《じかん》だ！　じゃあ、俺《おれ》はこれで！」

キラリと光《ひか》りかがやくブラックローズ……わたしの学園生活《がくえんせいかつ》、波乱《はらん》の幕開《まくあ》けの予感《よかん》……。

クリスタルローズ

花城学園《はなしろがくえん》へ転入《てんにゅう》してきて、早《はや》くも二週間《にしゅうかん》が過《す》ぎた。

「妃那《ひな》さん、おはようっす！」

「う、有垣《うがき》くん。おはよう」

雪都《ゆきと》くんからブラックローズをもらったことが、あっという間《ま》に学園中《がくえんじゅう》に広《ひろ》がり……。

わたしは平穏《へいおん》な学園生活《がくえんせいかつ》を送《おく》るどころか、ものすごい注目《ちゅうもく》を浴《あ》びるようになってしまった。

ブラックローズをつけてるだけで、男《おとこ》の子《こ》たちからはおびえられ、女《おんな》の子《こ》たちからは好《こう》奇《き》の目《め》で見《み》られ……。

おかげで、友《とも》だちがまったくできず、声《こえ》をかけてくれるのは有垣《うがき》くんくらい。

肝心《かんじん》のブラックローズを渡《わた》してきた雪都《ゆきと》くんは、クラスにまったく姿《すがた》を見《み》せず。

有垣《うがき》くんいわく、雪都《ゆきと》くんはあまりクラスに顔《かお》を出《だ》すことがないらしい。

ほんとに気《き》まぐれすぎるよ、雪都《ゆきと》くん。

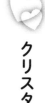

そして、さらなる出来事《できごと》がわたしに降《ふ》りかかってきた。

ある日《ひ》の放課後《ほうかご》、廊下《ろうか》ですれ違《ちが》った男《おとこ》の子《こ》に突然腕《とつぜんうで》をつかまれた。

「あれー、それ雪都《ゆきと》のローズだ」

「え？」

男《おとこ》の子《こ》ふたりが、じっとわたしを見《み》てる。

「雪都《ゆきと》がローズあげたってウワサほんとだったんだー」

この男《おとこ》の子《こ》、よく見《み》ると雪都《ゆきと》くんに似《に》てる……かも。

さらっとした明《あか》るい銀髪《ぎんぱつ》、くっきりした大《おお》きな瞳《ひとみ》、それに女《おんな》の子《こ》をトリコにしちゃいそうな甘《あま》い笑顔《えがお》。

「キミは……たしか、桃園妃那《ももぞのひな》ちゃんだっけ？　最近転入《さいきんてんにゅう》してきたんだよね」

すでにぜんぶ調《しら》べ済《ず》み……みたいな言《い》い方《かた》。

「ってか、雪都《ゆきと》がローズ渡《わた》すってめずらしいよね。かなりお気《き》に入《い》りなのかな。ね、創士《そうし》はどう思《おも》う？」

創士《そうし》と呼《よ》ばれたもうひとりは、暗《くら》めの髪色《かみいろ》でセンター分《わ》けがよく似合《にあ》う、高身長《こうしんちょう》でとにかくスタイルがいい男《おとこ》の子《こ》。

初対面《しょたいめん》のはずなのに、わたしのことをさげすむような目《め》で見《み》てるのはなんでだろう？

「雪都《ゆきと》さん気《き》まぐれなところありますし。それに、この女《おんな》普通《ふつう》すぎません？」

えっ、なにこの失礼《しつれい》な人《ひと》……！

初対面《しょたいめん》でこんなストレートに言《い》われたのははじめてだよ！

「ねぇ、妃那《ひな》ちゃんさー。雪都《ゆきと》に気《き》に入《い》られるって何《なに》したの？」

「そ、それよりあなたたちは誰《だれ》なんですか！」

いきなり話《はな》しかけてきて、なんでこんないろいろ言《い》われなきゃいけないの。

「……マジかよ。この学園《がくえん》で柊都《しゅうと》さん知《し》らないやつはじめて見《み》た」

「まあ、転入生《てんにゅうせい》だし仕方《しかた》ないよ。あらためて、僕《ぼく》は望月柊都《もちづきしゅうと》ね。もう知《し》ってるかもしれないけど、僕《ぼく》が兄《あに》で雪都《ゆきと》が弟《おとうと》だから。で、こっちがブルームで幹部《かんぶ》やってる苑井創士《そのいそうし》ね」

ブルームの幹部《かんぶ》ってことは、有垣《うがき》くんと同《おな》じポストってこと……だよね？

そういえば、ブルームの総長《そうちょう》はふたりで、幹部《かんぶ》もふたりの構成《こうせい》って有垣《うがき》くんが話《はな》してたっけ。有垣《うがき》くんから、もうひとり幹部《かんぶ》がいるとは聞《き》いてたけど。

たしか、柊都《しゅうと》くんのことをものすごく慕《した》っていて、崇拝《すうはい》してるんだとか。

ふたりも特進科《とくしんか》の生徒《せいと》だけど、わたしたちとクラスは違《ちが》うらしい。

もうこれ以上《いじょう》、何《なに》かにまき込《こ》まれるのはごめんなんだけど……。

「これから仲《なか》よくしよーね、妃那《ひな》ちゃん」

またしても、何《なに》か起《お》こりそうな予感《よかん》……。

そして、さらに数日後《すうじつご》の放課後《ほうかご》。

前《まえ》に通《かよ》っていた学校《がっこう》の友《とも》だちと、隣町《となりまち》で会《あ》うことになった。

カフェで二時間《にじかん》くらい話《はな》して、駅《えき》から少《すこ》し外《はず》れた場所《ばしょ》で解散《かいさん》。

駅《えき》に向《む》かう途中《とちゅう》、近道《ちかみち》と思《おも》って裏道《うらみち》を通《とお》ることにした。

けど、ここなんか治安《ちあん》が悪《わる》そう……。

雑居《ざっきょ》ビルのような建物《たてもの》ばかりで、人通《ひとどお》りもかなり少《すく》ない。

しかも、さらに路地《ろじ》の裏《うら》に入《はい》り込《こ》んでしまい、まさかの場面《ばめん》に遭遇《そうぐう》。

「ひっ……わわっ」

うす暗《ぐら》い路地裏《ろじうら》に、たおれている人《ひと》が何人《なんにん》もいる。

あきらかに、なぐられて動《うご》けなくなってるような状態《じょうたい》で。ただ、たったひとり……その場《ば》にしっかり足《あし》をつけ、異様《いよう》なオーラを放《はな》ってこちらを振《ふ》り返《かえ》ったのが──。

「あれー、妃那《ひな》ちゃんだ。偶然《ぐうぜん》だね」

のんきにこちらに手《て》を振《ふ》ってる……柊都《しゅうと》くん。

「こ、ここで何《なに》してたの？」

「んー、なんかケンカ吹《ふ》っかけられちゃって。僕《ぼく》はこういう荒《あら》いやり方《かた》は好《す》きじゃないんだけどねー」

柊都《しゅうと》くんはまったくの無傷《むきず》で、周《まわ》りにいるのはザッと見《み》ても五人《ごにん》くらい。

しかも、結構体格《けっこうたいかく》がいい人《ひと》ばかり。この人《ひと》たちを動《うご》けなくしちゃう柊都《しゅうと》くんは、やっぱり強《つよ》いんだ。

そのとき、わずかに誰《だれ》かの足音《あしおと》がした。

もしかして、ここにたおれてる人《ひと》の仲間《なかま》が近《ちか》くにいるんじゃ……。

パッと周《まわ》りを見渡《みわた》すと、わたしたちの位置《いち》から死角《しかく》になるような場所《ばしょ》があることに気《き》づいた。

柊都《しゅうと》くんにそれを知《し》らせようと思《おも》った瞬間《しゅんかん》、死角《しかく》から影《かげ》が見《み》えた。

「あっ、後《うし》ろあぶない……！」

わたしが声《こえ》をかけると、柊都《しゅうと》くんがすぐに反応《はんのう》した。

「……チッ。まだいたのか」

「うっ……ぐ、は……」

柊都《しゅうと》くんが一瞬《いっしゅん》にしておそいかかってきた相手《あいて》を制圧《せいあつ》。

よ、よかった……。

「妃那《ひな》ちゃんが声《こえ》かけてくれたおかげで助《たす》かったよ。よく気《き》づいたね」

「かすかに足音《あしおと》がしたような気《き》がして。それに、あそこは柊都《しゅうと》くんがいる位置《いち》から死角《しかく》だったから」

「へえ、すごい観察眼《かんさつがん》だ。ケンカなれしてないのに」

相変《あいか》わらずの甘《あま》い笑顔《えがお》で、ゆっくりわたしとの距離《きょり》をつめてきた。

「妃那《ひな》ちゃんみたいな子《こ》、めずらしいかも」

「……？」

「雪都《ゆきと》が気《き》に入《い》るの、なんかわかった気《き》がするよ」

柊都《しゅうと》くんが、わたしの制服《せいふく》のえりもとにそっと触《ふ》れる。

な、なんだか前《まえ》にも似《に》たようなことあったような。

まさかとは思《おも》うけど……。

「僕《ぼく》も妃那《ひな》ちゃんのこと気《き》に入《い》っちゃった」

えりもとに光《ひか》りかがやく……クリスタルのローズ。

「こ、このローズって……」

「見《み》ての通《とお》り、クリスタルローズだよ」

完全《かんぜん》にデジャヴ……。雪都《ゆきと》くんのブラックローズの他《ほか》に、まさか柊都《しゅうと》くんのクリスタルローズまであったなんて。

「な、なんでわたしに……⁉」

「僕《ぼく》が妃那《ひな》ちゃんを気《き》に入《い》ったから？　これから妃那《ひな》ちゃんは僕《ぼく》の特別《とくべつ》だよ」

ふたりの最強総長《さいきょうそうちょう》さまからの特別《とくべつ》な証《あかし》――ブラックローズ……そしてクリスタルローズをつけられたわたしは、いったいどうなるの⁉

ふたりの総長《そうちょう》さま

昨日《きのう》はあれから、柊都《しゅうと》くんがわたしを家《いえ》まで送《おく》ってくれた。

そして迎《むか》えた翌朝《よくあさ》。

「はぁ……もうこれどうしよう」

身支度《みじたく》をすませて、鏡《かがみ》に映《うつ》る制服《せいふく》のえりもとをじっと見《み》る。

ふたつのローズが目立《めだ》ちすぎてる……。

ブラックローズをつけてるだけで、あれだけ注目《ちゅうもく》を浴《あ》びてウワサになったのに……。

これに加《くわ》えてクリスタルローズまでつけてたら、わたしどうなっちゃうの？

いっそのこと、どちらのローズも外《はず》す……？

けど、そんなことしたら学園《がくえん》トップに君臨《くんりん》するふたりに逆《さか》らった＝学園《がくえん》に居場所《いばしょ》がなくなる……みたいな展開《てんかい》になりそう。

それは非常《ひじょう》に困《こま》るので、やっぱりつけたままにするしかない……か。

とりあえず、極力目立《きょくりょくめだ》たないようにしないと。

周《まわ》りの目《め》をさける作戦《さくせん》にすれば大丈夫《だいじょうぶ》――。

「あ、妃那《ひな》ちゃん。おはよう」

「えっ⁉　な、なんで柊都《しゅうと》くんがここに⁉」

家《いえ》を出《で》ると、なぜかそこに柊都《しゅうと》くんがいた。

「妃那《ひな》ちゃんの顔《かお》が見《み》たかったから？」

「は、はい⁉」

いきなりわたしの作戦《さくせん》はぶちこわされ、目立《めだ》つしかないルートに変更《へんこう》……。

「ほら、昨日《きのう》のやつらに妃那《ひな》ちゃんの顔見《かおみ》られたからさ。何《なに》かあるかもと思《おも》って迎《むか》えに来《き》たんだよ」

「な、なるほど」

わたしを心配《しんぱい》してくれたんだ。

柊都《しゅうと》くんなりに、いろいろ考《かんが》えてくれたことなら仕方《しかた》ない――。

「あぶないから僕《ぼく》と手《て》つないでいこっか」

「っ⁉　そ、それはダメだよ！」

手《て》をつなぐのは、なんとか回避《かいひ》。

柊都《しゅうと》くんは、さらっとすごいことしてくるから要注意《ようちゅうい》だ。

こうして、柊都《しゅうと》くんとふたりで学園《がくえん》へ。

門《もん》をくぐる前《まえ》から、登校《とうこう》してくる生徒《せいと》たちの視線《しせん》がものすごく集《あつ》まってる。

目立《めだ》つのを回避《かいひ》するどころか、目立《めだ》ちまくりってこのこと。

「柊都《しゅうと》さん、おはようございます――って、なんでお前《まえ》が一緒《いっしょ》なんだよ」

相変《あいか》わらず、わたしのこと嫌《きら》いオーラ全開《ぜんかい》の苑井《そのい》くんが登場《とうじょう》。

「創士《そうし》おはよー。僕《ぼく》が妃那《ひな》ちゃんを迎《むか》えに行《い》ったんだよ」

「まさか、コイツが迎《むか》えに来《こ》いとか言《い》ったんじゃ……」

苑井《そのい》くんが、ギロッとこちらをにらんでる。

「い、言《い》ってないよ！　わたしそんな口《くち》きける立場《たちば》じゃないし」

「……ん？　ってか、それ柊都《しゅうと》さんのローズじゃね!?　なんでお前《まえ》がつけてるんだよ!?」

しまった……身内《みうち》にものすごい過激派《かげきは》がいたんだった。

ある意味《いみ》、苑井《そのい》くんがいちばんやっかいかもしれない。

「創士《そうし》ってば、おどろきすぎだよ」

「いや、なんでこの女《おんな》なんですか!?　もしかしておどされてるんですか!?」

な、なんでそうなるかな……。

苑井《そのい》くんは、わたしのことなんだと思《おも》ってるの。

「えー、僕《ぼく》が妃那《ひな》ちゃんを気《き》に入《い》ったから？」

ありえない、絶望《ぜつぼう》……みたいな顔《かお》をしてる苑井《そのい》くん。

「柊都《しゅうと》さん……正気《しょうき》ですか」

「うん。だってさ、妃那《ひな》ちゃんが僕《ぼく》のこと助《たす》けてくれたんだよ」

「助《たす》けたって……どんくさそうにしか見《み》えないですけど……」

「僕《ぼく》が昨日《きのう》、隣町《となりまち》の下《した》っぱたちにからまれたんだよね。その場《ば》に偶然《ぐうぜん》妃那《ひな》ちゃんがいたんだけど、僕《ぼく》も気《き》づかなかった敵《てき》の位置《いち》を教《おし》えてくれたんだよ。そのおかげで僕《ぼく》は無傷《むきず》ってわけ」

「……そう、ですか」

じゃっかん、納得《なっとく》してなさそうな目《め》でわたしを見《み》てる苑井《そのい》くん。

「柊都《しゅうと》さんが認《みと》めるなら、俺《おれ》はそれにしたがうのみです」

かなりしぶしぶだけど、とりあえず苑井《そのい》くんは落《お》ち着《つ》いた。

――が、しかし。

やっぱり目立《めだ》つのをさけるのは、どうがんばっても無理《むり》なわけで。

「あの子《こ》、雪都《ゆきと》くんのブラックローズもらってたよね!?　柊都《しゅうと》くんのクリスタルローズもつけてるってどういうこと!?」

「ブルームの総長《そうちょう》ふたりに気《き》に入《い》られるって、あの子《こ》なんなの!?」

あぁ、さよなら……わたしの平穏《へいおん》な学園生活《がくえんせいかつ》……。


——迎《むか》えたお昼休《ひるやす》み。

クラスではまったく休《やす》まらないので、ひとり中庭《なかにわ》でお弁当《べんとう》を食《た》べることに。

全校生徒《ぜんこうせいと》が利用《りよう》できるカフェテリアもあるんだけど。

そこでは日替《ひが》わりのランチが食《た》べられるから、一度《いちど》は行《い》ってみたいなぁ……なんて。

中庭《なかにわ》に人《ひと》は全然《ぜんぜん》いない。ベンチを探《さが》していたら、まさかの光景《こうけい》が目《め》に飛《と》び込《こ》んできた。

「えっ、猫《ねこ》に埋《う》もれてる?」

正確《せいかく》に言《い》うと、ベンチに寝《ね》てる男《おとこ》の子《こ》がいて、その上《うえ》に猫《ねこ》が三匹《さんびき》いる。

こ、これはいったいどういう状況《じょうきょう》?

猫《ねこ》にかこまれて寝《ね》てるって……あれ、もしかして……。

「ゆ、雪都《ゆきと》くん？」

「……ん、あれ妃那《ひな》だ」

なんと、そこにいたのは雪都《ゆきと》くんだった。

こんな状況《じょうきょう》でも平気《へいき》で寝《ね》てるって、さすが雪都《ゆきと》くんっていうか。

この前助《まえたす》けてくれたときと、普段《ふだん》のギャップにびっくりする……。

「こ、こんなところでお昼寝《ひるね》？」

「俺《おれ》どこでも寝《ね》れるんだよね」

雪都《ゆきと》くんが、むくっと身体《からだ》を起《お》こす。

猫《ねこ》ちゃんたちは逃《に》げずに、そのまま雪都《ゆきと》くんにすりすりしてる。

「雪都《ゆきと》くんになついてるんだね」

「んー……なんか学園《がくえん》に迷《まよ》い込《こ》んできて、世話《せわ》してたらこうなった」

「ふふっ、そうなんだ。雪都《ゆきと》くんって優《やさ》しいんだね」

「……そう？」

「うん。動物《どうぶつ》って心《こころ》の優《やさ》しい人《ひと》になつくって聞《き》いたことあるよ」

少《すこ》し前《まえ》に、有垣《うがき》くんが言《い》ってた。

雪都《ゆきと》くんって普段《ふだん》あんな感《かん》じだけど、仲間《なかま》のピンチにはぜったいかけつけてくれる、仲《なか》間思《まおも》いな一面《いちめん》もあるって。

あと、根《ね》はとても優《やさ》しい人柄《ひとがら》だって。

「あっ、お昼寝《ひるね》してたのにジャマしちゃってごめんね」

「……いいよ。俺《おれ》も妃那《ひな》に会《あ》いたかったし」

出《で》た……雪都《ゆきと》くんの本気《ほんき》かわからない気《き》まぐれ発言《はつげん》。

いちいち反応《はんのう》してたら、心臓《しんぞう》がもたなくなりそうだから。

「……妃那《ひな》？　なんで俺《おれ》のほう見《み》ないの？」

「やっ……雪都《ゆきと》くん、近《ちか》い……からっ」

せっかく目線《めせん》を下《した》に落《お》としたのに、雪都《ゆきと》くんの手《て》がそっとわたしの頬《ほお》に触《ふ》れるから。

こんな距離感《きょりかん》、わたしはなれてないのに。

「……かわいー反応《はんのう》するね」

「なっ、うう……」

わたしを見《み》る雪都《ゆきと》くんは、どこまでも余裕《よゆう》そうで……。

こんなのドキドキしないほうが無理《むり》……っ。

どうにかして、雪都《ゆきと》くんの気《き》をそらしたい……！

「あっ、雪都《ゆきと》くん手《て》ケガしてる」

ふと雪都《ゆきと》くんの右手《みぎて》を見《み》ると、かすり傷《きず》が。

「あー、ほんとだ。全然《ぜんぜん》気《き》づかなかった」

「わたしばんそうこう持《も》ってるから、すぐ手当《てあ》てするね！」

ちょうど近《ちか》くに水道《すいどう》があったので、ハンカチをぬらして傷口《きずぐち》を軽《かる》くふいたあと、ばんそうこうを貼《は》った。

「痛《いた》かったり、しみたりしない？」

「別《べつ》にへーき」

ケンカしたときの傷《きず》……かな。

柊《しゅう》都《と》くんも外《そと》で突然《とつぜん》からまれて、ケンカになったりしてたし……。

「雪都《ゆきと》くん強《つよ》いかもだけど、もっと自分《じぶん》のことも大切《たいせつ》にしてね」

「……俺《おれ》の心配《しんぱい》してくれるんだ。妃那《ひな》は優《やさ》しいね」

「あんまり無茶《むちゃ》しないでね」

「妃那《ひな》に心配《しんぱい》してもらえるなら、多少《たしょう》の無茶《むちゃ》もありかも」

「そういうこと言《い》っちゃダメ」

「妃那《ひな》くらいだよ……俺《おれ》に優《やさ》しい言葉《ことば》かけてくれんの」

すると、雪都《ゆきと》くんの目線《めせん》が、わたしの制服《せいふく》のえりもとに向《む》いた。

あまり表情《ひょうじょう》をくずさない雪都《ゆきと》くんが少《すこ》しおどろいた顔《かお》をしてから、すぐにフッと軽《かる》く笑《わら》った。

「それ、柊都《しゅうと》のローズだ」

「えぇっと、これは……」

「柊都《しゅうと》にまで気《き》に入《い》られるって、やっぱ妃那《ひな》サイコーじゃん」

な、何《なに》がサイコーなのか、わたしにはさっぱりわからないけど。

その日《ひ》の放課後《ほうかご》――何《なに》やら廊下《ろうか》のほうが異常《いじょう》なくらい騒《さわ》がしい。

何《なに》が起《お》きたのかと思《おも》ったら、その騒《さわ》ぎの中心《ちゅうしん》にいるのは……。

「雪都《ゆきと》くんがクラスに顔《かお》を出《だ》すってどういうことだろ⁉ ってか、相変《あいか》わらず顔面強《がんめんつよ》すぎない⁉」

「柊都《しゅうと》くんも来《き》てるし‼ 笑顔《えがお》まぶしすぎて無理《むり》……‼」

わぁ……これはなんだかまずい展開《てんかい》。

ダッシュで帰《かえ》る準備《じゅんび》をして、そのままクラスから抜《ぬ》け出《だ》すはずだったんだけど。

「妃那《ひな》」

「妃那《ひな》ちゃん」

「ゆ、雪都《ゆきと》くん、柊都《しゅうと》くん……」

見事《みごと》にふたりに見《み》つかった……。

あぁ、ほらもう周《まわ》りの視線《しせん》えげつないことになってるって……！

本人《ほんにん》たちはこれ自覚《じかく》あるのかな⁉

「妃那《ひな》に会《あ》いたすぎて死《し》ぬかと思《おも》った」

右手《みぎて》は雪都《ゆきと》くんに取《と》られ。

「僕《ぼく》も妃那《ひな》ちゃんに会《あ》いたすぎてどうにかなりそうだったよ」

左手《ひだりて》は柊都《しゅうと》くんに取《と》られ。

ふたりとも、ほぼ同時《どうじ》にわたしの手《て》の甲《こう》にキスを落《お》とした。

「「「きゃぁぁぁ‼」」」

こ、こんな展開《てんかい》……聞《き》いてない‼

ふたりがクラスに来《き》て、とんでもないことをしてくれたおかげで、クラス内《ない》は騒《さわ》ぎどころか悲鳴《ひめい》であふれ返《かえ》った。

今《いま》やっと門《もん》から出《で》ることができたけど……。

「……妃那《ひな》。なんで俺《おれ》から離《はな》れようとする？」

「だ、だから雪都《ゆきと》くんの距離感《きょりかん》おかしいの！」

ゆるゆる気《き》まぐれ雪都《ゆきと》くんは、わたしにもたれながら距離《きょり》が近《ちか》いし！

「じゃあ、妃那《ひな》ちゃんは僕《ぼく》と手《て》つなごうよー」

「わっ、いきなりそういうことするのダメ！」

甘《あま》い顔《かお》してとんでもないことしてくる柊都《しゅうと》くんは、手《て》をつないでこようとするし！

「ふ、ふたりともいったん落《お》ち着《つ》いて！」

「「落《お》ち着《つ》いてる」」

ふたりとも息《いき》ぴったりだけど、どこが落《お》ち着《つ》いてるの……！

「ってか、いつ妃那《ひな》ちゃんがねらわれるかわからないし？」

「だからって、手《て》をつなぐ理由《りゆう》にはならないよ！」

「……俺《おれ》は妃那《ひな》がいないとたおれる」

「どさくさにまぎれて抱《だ》きつくのもダメ！」

このふたり、距離感《きょりかん》バグりすぎてわたしがついていけない……！

「あーあ、僕《ぼく》らとことん妃那《ひな》ちゃんに近《ちか》づけないね」

「……柊都《しゅうと》はそのままでいいよ。妃那《ひな》に近《ちか》づいていいのは俺《おれ》だけ」

「あー、そうやって独占《どくせん》しようとするの雪都《ゆきと》の悪《わる》いところだよねー」

「妃那《ひな》のことはゆずる気《き》ない」

「じゃあ、僕《ぼく》も今《いま》よりもっと妃那《ひな》ちゃんのこと独占《どくせん》するから」

「……は？　そんなの俺《おれ》が許《ゆる》すと思《おも》う？」

「別《べつ》に雪都《ゆきと》の許可《きょか》なんていらないでしょ？　ほら、妃那《ひな》ちゃんは僕《ぼく》だけ見《み》てね」

「……妃那《ひな》。柊都《しゅうと》なんか視界《しかい》に映《うつ》さなくていい」

「も、もうふたりとも落《お》ち着《つ》いてよぉ……」

雪都《ゆきと》くんも柊都《しゅうと》くんも、なぜかバチバチしてる……。

そのふたりの間《あいだ》にいるわたしは、いったいどうしたら……。

このとき、まさかわたしたち以外《いがい》の誰《だれ》かが、この光景《こうけい》を見《み》ていたことになんか気《き》づくわけもなく――。
「へー、あの子《こ》が望月兄弟《もちづききょうだい》のお気《き》に入《い》り……か」
少《すこ》し離《はな》れた場所《ばしょ》からわたしたちを見《み》て、笑《え》みを浮《う》かべていた誰《だれ》かがいたなんて。
まだまだ波乱《はらん》は続《つづ》きそう――。

気《き》まぐれ総長《そうちょう》さま

気《き》づけば桜《さくら》が満開《まんかい》になり、わたしは三年生《さんねんせい》に進級《しんきゅう》した。

特進科《とくしんか》のクラスは数《かず》が少《すく》ないので、卒業《そつぎょう》までクラスの変更《へんこう》はとくになし。

「ゆ、雪都《ゆきと》さんが朝《あさ》から授業《じゅぎょう》に参加《さんか》してる……！　もしかして、今日《きょう》隕石《いんせき》が降《ふ》ってくるんじゃ……!?」

「う、有垣《うがき》くん。そんな大《おお》げさな」

ここ数《すう》か月《げつ》で起《お》きた変化《へんか》。

雪都《ゆきと》くんがクラスに顔《かお》を出《だ》すようになって、授業《じゅぎょう》もきちんと受《う》けるようになった。

「だって、妃那《ひな》さん！　雪都《ゆきと》さんは一年《いちねん》のころからクラスに来《く》ることあんまなかったんすよ。ましてや、連日《れんじつ》こうしてクラスに顔《かお》を出《だ》すなんて……奇跡《きせき》です」

あまり授業《じゅぎょう》に参加《さんか》してない雪都《ゆきと》くんだけど、特進科《とくしんか》の中《なか》でも成績《せいせき》は常《つね》にトップを争《あらそ》うくらい。ちなみに、争《あらそ》っているのは柊都《しゅうと》くんらしい。

いつもテストはふたりが満点《まんてん》で、同率《どうりつ》トップばかりなんだとか。

ブルームの総長《そうちょう》として強《つよ》いのに加《くわ》えて、見《み》た目《め》もとびきりかっこいいし、それに頭《あたま》もいいなんて……ほんとに完璧《かんぺき》って言葉《ことば》が似合《にあ》う。

「……妃那《ひな》に会《あ》えるなら、授業《じゅぎょう》に参加《さんか》するのも悪《わる》くない」

「この通《とお》り妃那《ひな》さんパワーすごいっすよ！」

「いや、でも雪都《ゆきと》くん気《き》まぐれなところあるし」

「妃那《ひな》に会《あ》いたいのは気《き》まぐれとかじゃないけどね」

相変《あいか》わらず周《まわ》りからの視線《しせん》はすごいけど、もうこれにも少《すこ》しなれてきた。

『続《つづ》いてのニュースです。中学生《ちゅうがくせい》をねらった通《とお》り魔事件《まじけん》が――』

夕方《ゆうがた》、リビングでくつろいでると流《なが》れてきた物騒《ぶっそう》なニュース。

ここ最近《さいきん》、わたしの住《す》んでる地域《ちいき》で、中学生《ちゅうがくせい》をねらった通《とお》り魔事件《まじけん》が発生《はっせい》してる。

犯人《はんにん》は刃物《はもの》を所持《しょじ》していて、容赦《ようしゃ》なく切《き》りつけてくるって。

しかも、犯人《はんにん》はまだ捕《つか》まっていなくて、連続通《れんぞくとお》り魔事件《まじけん》として連日《れんじつ》ニュースで取《と》りあげられている。

「最近《さいきん》このニュースよく見《み》かけるわよね。妃那《ひな》をひとりで登校《とうこう》させるなんて心配《しんぱい》だわ……。これからお母《かあ》さんが送《おく》り迎《むか》えしようか？」

一緒《いっしょ》にニュースを見《み》ていたお母《かあ》さんが、とても心配《しんぱい》そうにしてる。

「大丈夫《だいじょうぶ》だよ。家《いえ》から学校《がっこう》までそんなに距離《きょり》ないし。人通《ひとどお》りがあるところ歩《ある》くようにしてるから」

とはいえ、犯人《はんにん》がまだ捕《つか》まってないのは不安《ふあん》だけど……。

学校《がっこう》でもなるべく集団登校《しゅうだんとうこう》するようにって注意喚起《ちゅういかんき》があった。

先生《せんせい》たちも学校《がっこう》の周《まわ》りに立《た》っていてくれたり。

わたしも最善《さいぜん》の注意《ちゅうい》を払《はら》っていたはず……だったんだけど。

「わわっ、もうこんな時間《じかん》……！」

放課後《ほうかご》、調《しら》べものがしたくて図書室《としょしつ》に残《のこ》っていたら、結構遅《けっこうおそ》い時間《じかん》になってしまった。

急《いそ》いでカバンに荷物《にもつ》をつめて、学園《がくえん》の外《そと》に飛《と》び出《だ》した。

ひとりふらっと歩《ある》きながら、ハッとした。

そういえば、通《とお》り魔事件《まじけん》……まだ解決《かいけつ》してないんだった……よね。

極力《きょくりょく》、遅《おそ》い時間《じかん》にひとりで下校《げこう》しないようにしてたけど……。

周《まわ》りを見渡《みわた》すと、いつもの時間《じかん》だったらそれなりに人通《ひとどお》りがあったけど、夕方《ゆうがた》の六時《ろくじ》を過《す》ぎると人《ひと》が全然《ぜんぜん》いない。それに、外《そと》の明《あか》るさもまったく違《ちが》ってうす暗《ぐら》い。

じつは、今日《きょう》居残《いのこ》りをするってなったとき、雪都《ゆきと》くんと柊都《しゅうと》くんが心配《しんぱい》して一緒《いっしょ》に残《のこ》るって言《い》ってくれた。

でも、ひとりで大丈夫《だいじょうぶ》と断《ことわ》ってしまって。

不安《ふあん》になってスマホを取《と》り出《だ》す。

少《すこ》し前《まえ》に交換《こうかん》した雪都《ゆきと》くんの連絡先《れんらくさき》を見《み》て……タップしようか迷《まよ》った。

さすがに迷惑《めいわく》……だよね。

雪都《ゆきと》くんはもう家《いえ》に帰《かえ》ってるだろうし……。

ちゃんと時計《とけい》を見《み》てなかったわたしが悪《わる》いよね……。

画面《がめん》を閉《と》じようとしたら、間違《まちが》えて発信《はっしん》の画面《がめん》に。

あわてて通話終了《つうわしゅうりょう》をタップ。ワンコールくらいしか鳴《な》ってないし、きっと間違《まちが》いだって思《おも》うよね。

スマホをカバンにしまったとき、目《め》の前《まえ》に人《ひと》の気配《けはい》がした。

「っ……！」
スマホに気《き》を取《と》られていたせいで、まったく気《き》づかなかった。
わたしの目《め》の前《まえ》にフードをかぶった大柄《おおがら》な男《おとこ》の人《ひと》……それに、手《て》には刃物《はもの》を持《も》ってる。
この人《ひと》……通《とお》り魔《ま》事件《じけん》の犯人《はんにん》だ。特徴《とくちょう》がニュースで見《み》たものと完全一致《かんぜんいっち》してる。
恐怖《きょうふ》で声《こえ》がまったく出《で》ない。
ふるえる脚《あし》にグッと力《ちから》を入《い》れて、なんとか身体《からだ》を後《うし》ろに下《さ》げるけど……。
「きゃっ……」
足《あし》が思《おも》いっきりからんで、その場《ば》に転《ころ》んでしまった。
ちゃんと気《き》をつけていたら、こんなことにはならなかったのに……っ。
どうしよう、どうしたらいいの……。
犯人《はんにん》が刃物《はもの》を振《ふ》りかざしたのが見《み》えて、ギュッと目《め》をつぶった。
も、もうダメ……かも……っ。
目《め》を閉《と》じて数秒《すうびょう》……身体《からだ》に痛《いた》みは……ない。
——カシャンッ！
刃物《はもの》が地面《じめん》に落《お》ちた音《おと》がして、ゆっくり目《め》を開《あ》けると。

「えっ……ゆきと、くん……」

「はぁ……妃那《ひな》なんもケガしてない？」

犯人《はんにん》の手《て》から刃物《はもの》をうばい、そのまま犯人《はんにん》の腕《うで》を拘束《こうそく》してる雪都《ゆきと》くんがいた。

た、助《たす》けに来《き》てくれたんだ……っ。

「……一歩《いっぽ》遅《おそ》かったらほんとあぶなかった」

雪都《ゆきと》くんが、地面《じめん》に落《お》ちた刃物《はもの》を犯人《はんにん》から遠《とお》ざけるようにけり飛《と》ばした。

その直後《ちょくご》、犯人《はんにん》が苦《くる》しそうな声《こえ》をあげて地面《じめん》に膝《ひざ》をついた。

「妃那《ひな》……俺《おれ》がいいって合図《あいず》するまで目《め》つぶって。……すぐ終《お》わらせるから」

ただ守《まも》ってもらうだけじゃダメなのに……。

でも今《いま》は、雪都《ゆきと》くんを信《しん》じて頼《たよ》るしかない……っ。

言《い》われた通《とお》り、下《した》を向《む》いてゆっくり目《め》を閉《と》じた。

人《ひと》がなぐられたようなにぶい音《おと》が何回《なんかい》かして、しばらくして何《なに》も音《おと》がしなくなった。

体感的《たいかんてき》に十秒《じゅうびょう》くらい……。

すると、ふわっと優《やさ》しく包《つつ》み込《こ》むように抱《だ》きしめられた。

「ゆき、と……くん……っ？」

「……そうだよ。ごめん、怖《こわ》い思《おも》いさせて」

「ううん……わたしのほうこそ、ごめん……なさいっ」

「妃那《ひな》は謝《あやま》らなくていい。……とにかく何《なに》もなくてほんとによかった」

わたしを安心《あんしん》させるように、背中《せなか》を優《やさ》しくなでてくれる。

さっきまでの恐怖心《きょうふしん》がぜんぶなくなるほど……雪都《ゆきと》くんの腕《うで》の中《なか》はとてもあたたかくて、安心《あんしん》できるの……。

「た、助《たす》けてくれてありがとう……っ」

「妃那《ひな》が俺《おれ》に連絡《れんらく》くれたから」

たったあれだけで……危険《きけん》を察知《さっち》して助《たす》けに来《き》てくれたの……？

あらためて雪都《ゆきと》くんの強《つよ》さを知《し》って……同時《どうじ》に、わたしの中《なか》にある雪都《ゆきと》くんへの気持《きも》ちが、大《おお》きくゆれ動《うご》いた気《き》がした。


あれから通《とお》り魔《ま》事件《じけん》の犯人《はんにん》は無事《ぶじ》逮捕《たいほ》され、平穏《へいおん》な日常《にちじょう》生活《せいかつ》が戻《もど》ってきた。

とある日《ひ》の休《やす》み時間《じかん》、わたしは自販機《じはんき》の前《まえ》で固《かた》まっていた。

「ボタン押《お》し間違《まちが》えた……」

イチゴミルクが欲《ほ》しかったのに、間違《まちが》えて隣《となり》のコーヒーのボタンを押《お》してしまった。

手《て》もとにあるコーヒーをじっと見《み》て、さてどうしたらいいか。

しかもブラックコーヒー……。

わたしは苦《にが》いものはまったく飲《の》めない。とくに、コーヒーは砂糖《さとう》やミルクをどれだけ入《い》れても飲《の》めないくらい苦手《にがて》……。

「……妃那《ひな》、どうした」

「あっ、雪都《ゆきと》くん。それが、間違《まちが》えてこれ買《か》っちゃって」

コーヒーのパックを見《み》せると、雪都《ゆきと》くんがそれをわたしからひょいっと取《と》りあげた。

「妃那《ひな》はどれ欲《ほ》しいの」

「えっと、イチゴミルク」

「……ん、じゃあこれと交換《こうかん》ね」

なんと、雪都《ゆきと》くんがイチゴミルクを買《か》ってトレードしてくれた。

「えっ、いいの？」

「俺《おれ》ちょうどコーヒー飲《の》みたかったし」

雪都《ゆきと》くんって、こういうところ優《やさ》しいなって思《おも》う。


——そして数日後《すうじつご》。

有垣《うがき》くんが何《なに》やらスイーツがいっぱい入《はい》った袋《ふくろ》を持《も》っていた。

「有垣《うがき》くんって甘党《あまとう》なの？」

「これ雪都《ゆきと》さんのですよ。雪都《ゆきと》さん甘《あま》いの大好《だいす》きなんで」

「えっ、そうなの⁉　も、もしかしてコーヒーなんか苦手《にがて》だったり……」

「ブラックコーヒーは飲《の》めたもんじゃないって、だいぶ前《まえ》に言《い》ってましたね」

う、うそ……。

「妃那《ひな》さんどうしたんすか？」

「いや、わたしこの前《まえ》、間違《まちが》えて買《か》ったブラックコーヒーを雪都《ゆきと》くんと交換《こうかん》してもらっちゃって」

「え、そうなんすか？」

「う、うん。でも、まさか苦《にが》いのがダメってこと全然《ぜんぜん》知《し》らなくて。雪都《ゆきと》くんに悪《わる》いことしちゃったかも……」

「あー、まあ雪都《ゆきと》さんは妃那《ひな》さんには甘《あま》いんで、大丈夫《だいじょうぶ》だと思《おも》いますよ」

「で、でも……あっ、有垣《うがき》くん今《いま》から雪都《ゆきと》くんたちがいる、あの部屋《へや》に行《い》くよね？」

〝あの部屋《へや》〟っていうのは、ブルームが集《あつ》まるときに使《つか》っている専用《せんよう》の部屋《へや》。

今《いま》は使《つか》われていない旧校舎《きゅうこうしゃ》のとある一室《いっしつ》で、ブルームの人間《にんげん》のみが立《た》ち入《い》ることが許《ゆる》されている。

それに、部屋《へや》に入《はい》るためのカギはブルームのメンバーしか持《も》ってない。

「わたしも行《い》っちゃダメかな？」

「いいっすよ。むしろ、妃那《ひな》さんが来《き》たら雪都《ゆきと》さんもよろこびますよ」

こうして、ブルーム専用《せんよう》の部屋《へや》へ連《つ》れて行《い》ってもらえることに。

じつは、ここにはまだ数回《すうかい》しか来《き》たことない。

「あれ、妃那《ひな》がここ来《く》るってめずらしいね」

「あの、雪都《ゆきと》くん、この前《まえ》は無理《むり》させちゃってごめんね！　その、コーヒー苦手《にがて》だって知《し》らなくて！」

「あー……別《べつ》にいいよ。俺《おれ》が妃那《ひな》にしてあげたかっただけ」

うっ、いま胸《むね》のあたりがギュッてなった。

最近《さいきん》、雪都《ゆきと》くんと一緒《いっしょ》にいると心臓《しんぞう》がドキッてしたり、胸《むね》がギュッてちぢまることが多《おお》くなってる……気《き》がする。

「それを言《い》いにわざわざ来《き》てくれたんだ？」

「う、うん」

雪都《ゆきと》くんの優《やさ》しさに触《ふ》れるたびに、ドキドキが増《ま》してるような……。

すると、この様子《ようす》をそばで見《み》ていた有垣《うがき》くんが。

「これ、よかったら雪都《ゆきと》さんと妃那《ひな》さんで行《い》ってください。駅《えき》の近《ちか》くにあるホテルのスイーツビュッフェが楽《たの》しめるんで」

有垣《うがき》くんが、スマホの画面《がめん》にＱＲコードを表示《ひょうじ》してくれた。

これを読《よ》み込《こ》むと、予約《よやく》の画面《がめん》に進《すす》めるらしい。

「えー、何《なに》それ。僕《ぼく》も行《い》きたいんだけどなー」

「わっ、柊都《しゅうと》くん！」

いつの間《ま》に……！

「雪都《ゆきと》と妃那《ひな》ちゃんふたりって、それじゃデートみたいじゃん」

「デ、デート……!?」

「だから僕《ぼく》も一緒《いっしょ》でいいよね？　ってか、これ予約三人《よやくさんにん》までできるみたいだから、僕《ぼく》が予《よ》約《やく》しておくねー」

……なんて、まさかの展開《てんかい》でふたりと日曜日《にちようび》、スイーツビュッフェに行《い》くことが決定《けってい》。

そしてあっという間《ま》に日曜日《にちようび》……。

駅《えき》で待《ま》ち合《あ》わせにする予定《よてい》だったけど、ふたりがわたしの家《いえ》まで迎《むか》えに来《き》てくれるって。

家《いえ》から出《で》ると、私服姿《しふくすがた》のふたりを発見《はっけん》。

そういえば、何気《なにげ》にふたりの私服《しふく》を見《み》るのははじめてかも。

雪都《ゆきと》くんは、少《すこ》しゆるっとしたネイビーのシャツに黒《くろ》のパンツ。

柊都《しゅうと》くんは、うす手《で》のベージュのニットに、チェック柄《がら》のパンツ。

ふたりとも私服《しふく》も抜群《ばつぐん》にかっこいいから、かなり目立《めだ》ちそう……。

そして、わたしはというと……ものすごくなやんだ結果《けっか》、少《すこ》しえりが大《おお》きめの白《しろ》のブラウスに、黒《くろ》のシンプルなプリーツスカートをチョイス。

髪《かみ》はゆるくまいて、後《うし》ろにひとつでまとめた。

「えっと、ふたりともおまたせ」

なぜかふたりとも無言《むごん》で、静止画《せいしが》みたいな状態《じょうたい》になってる。

も、もしかして、わたし何《なに》か変《へん》かな……？

「……妃那《ひな》かわいい」

「えっ？」

「かわいすぎて一瞬《いっしゅん》心臓止《しんぞうと》まったかと思《おも》った」

「え、ええ!?」

雪都《ゆきと》くんからのストレートな「かわいい」こそ心臓《しんぞう》に悪《わる》い……！

わたしのほうが心臓止《しんぞうと》まるかと思《おも》った。

さらに。

「ほんと僕《ぼく》の妃那《ひな》ちゃんかわいい」

「ぼ、僕《ぼく》の妃那《ひな》ちゃん!?」

「だって妃那《ひな》ちゃん僕《ぼく》のでしょ」

「……は？　俺《おれ》が認《みと》めてないし。ってか、妃那《ひな》は俺《おれ》の」

「えー、それこそ僕《ぼく》が認《みと》めてないんだけどー」

ま、またふたりの言《い》い合《あ》いが始《はじ》まっちゃった。

ふたりとも口《くち》が達者《たっしゃ》だから、止《と》めないと永遠《えいえん》に続《つづ》いちゃう。

「ねー、妃那《ひな》ちゃんは僕《ぼく》と雪都《ゆきと》どっちがかっこいいと思《おも》うー？」

「ふたりともすごくかっこいいよ？」

思《おも》ったことを素直《すなお》に言《い》ってみた。

「……妃那《ひな》にほめられた」

「妃那《ひな》ちゃんにかっこいいって言《い》われちゃった」

ふたりともピタッと言《い》い合《あ》いをやめてくれた。

これで一件落着《いっけんらくちゃく》……のはずだったんだけど。

ホテルに着《つ》いて、またしても事件《じけん》は起《お》きた。

四人《よにん》がけのテーブルに案内《あんない》してもらえたのはいいんだけど……ここで問題《もんだい》になるのが座《すわ》る場所《ばしょ》について。

「あの、この並《なら》びおかしくないかな⁉」

四人《よにん》がけのテーブルだから、普通《ふつう》はテーブルを挟《はさ》んで座《すわ》るはずなのに。

なぜかわたしの両《りょう》サイドに座《すわ》ってる雪都《ゆきと》くんと柊都《しゅうと》くん。

三人横並《さんにんよこなら》びで座《すわ》るって、どう見《み》てもおかしいよ……！

店員《てんいん》さんも不思議《ふしぎ》そうにこっち見《み》てるし！

「だってさ、雪都《ゆきと》？　あっち空《あ》いてるんだから座《すわ》りなよ」

「……妃那《ひな》の隣《となり》は俺《おれ》。柊都《しゅうと》があっちいけば」

真《ま》ん中《なか》に挟《はさ》まれてるわたしは、どうしたらいいの……！

そうだ、こうなったら——。

「じゃあ、わたしがあっち側《がわ》に座《すわ》る……」

「「それはダメ」」

わぁ、こういうときだけ息《いき》ぴったり。

結局《けっきょく》、席《せき》が二時間制《にじかんせい》なので、一時間《いちじかん》ずつ交代《こうたい》でわたしの隣《となり》に座《すわ》ることで落《お》ち着《つ》いた。

「妃那《ひな》ちゃんはどれ食《た》べたい？」

「うーん、たくさんありすぎて迷《まよ》っちゃうね！　……って、雪都《ゆきと》くんお皿《さら》に盛《も》りすぎじゃない⁉」

わたしと柊都《しゅうと》くんは、まだ三個《さんこ》くらいしかお皿《さら》にのせてないのに、雪都《ゆきと》くんのお皿《さら》の上《うえ》はケーキがたくさん。

しかも、あっという間《ま》にぜんぶ食《た》べちゃった。

そのあとも、同《おな》じくらいの量《りょう》を取《と》ってくるからびっくり。

「雪都《ゆきと》くんって、ほんとに甘《あま》いの好《す》きなんだね」

「……甘《あま》いのならいくらでも食《た》べれる」

なんか雪都《ゆきと》くんの意外《いがい》な一面《いちめん》を知《し》れてうれしいな。

普段《ふだん》はゆるっとしてマイペース全開《ぜんかい》だけど、わたしを守《まも》ってくれるときの強《つよ》い姿《すがた》があったり、こういう意外《いがい》なところがあったり。

今《いま》よりもっと、雪都《ゆきと》くんのことたくさん知《し》っていきたいな。

雪都《ゆきと》くんだけ特別《とくべつ》にそう思《おも》うのは、どうしてだろう——？

白金《しろがね》の巨塔《きょとう》

最近《さいきん》、定期《ていき》テストが無事《ぶじ》に終《お》わり、ジメッとした毎日《まいにち》が続《つづ》く六月上旬《ろくがつじょうじゅん》。

ただでさえ空気《くうき》がジメジメだっていうのに、わたしは今《いま》ものすごく空気《くうき》の悪《わる》い体育館裏《たいいくかんうら》に呼《よ》び出《だ》されている。

わたしをかこむ五人《ごにん》の女《おんな》の子《こ》。

マンガとかでありがちな、クラスのカースト上位《じょうい》の女《おんな》の子《こ》グループに呼《よ》び出《だ》されるってやつ。

わたしに向《む》けられてる視線《しせん》は、けっしていいものとは言《い》えない。

「ねぇ、桃園《ももぞの》さんさー。あなた柊都《しゅうと》くんと雪都《ゆきと》くんのなんなの？　ふたりからローズもらって調子乗《ちょうしの》ってない？」

「ふたりはみんなのあこがれで、桃園《ももぞの》さんだけが独占《どくせん》していいわけじゃないの」

「この前《まえ》の休《やす》みの日《ひ》も、ふたりと桃園《ももぞの》さんが一緒《いっしょ》にいるの見《み》たって子《こ》がいるんだから！　ふたりにあんまり近《ちか》づかないでよ！」

ふたりの人気《にんき》は相変《あいか》わらず絶大《ぜつだい》。

あれだけ目立《めだ》つふたりと一緒《いっしょ》にいれば、当然《とうぜん》こういうことも起《お》こるだろうなとは思《おも》っていたけど。

「ふたりは学園《がくえん》トップのブルームの総長《そうちょう》なんだよ？　あなたなんかが簡単《かんたん》に近《ちか》づいていい相手《あいて》じゃないの」

「ローズもらったからって、ふたりのお気《き》に入《い》りになったとか思《おも》わないでよね！　金輪際《こんりんざい》、ふたりに近《ちか》づかないって約束《やくそく》してよ！」

そんなふうに言《い》われても……。

わたしだって、なんでふたりからローズもらえたのかわからないし。

……なんて言《い》ったら、火《か》に油《あぶら》を注《そそ》ぐことになりそう。

「だいたい、桃園《ももぞの》さんはふたりと全然《ぜんぜん》つり合《あ》ってないから！　ちゃんと自覚《じかく》して行動《こうどう》してよね！」

つり合《あ》ってない……か。

雪都《ゆきと》くんと柊都《しゅうと》くんはみんながあこがれるブルームの総長《そうちょう》で、わたしとは住《す》む世界《せかい》が違《ちが》う。

わかってはいたけど、いざこうして面《めん》と向《む》かって言《い》われると、さすがに少《すこ》し落《お》ち込《こ》む。

でも、ここで言《い》い返《かえ》すと余計《よけい》に悪化《あっか》しそう。

ここはグッと我慢《がまん》するしかない。

わたしに言《い》いたいことをぜんぶ言《い》い切《き》ったのか「あと、こうして呼《よ》び出《だ》されたこと、ふたりに言《い》わないでよね」最後《さいご》にそう言《い》って、みんな去《さ》っていった。


その日《ひ》の放課後《ほうかご》、ホームルームが終《お》わった瞬間《しゅんかん》にわたしはクラスを飛《と》び出《だ》した。

最近《さいきん》ふたりと一緒《いっしょ》に帰《かえ》ることが多《おお》かったから。

それを見《み》ていた子《こ》もたくさんいたと思《おも》うし……今日《きょう》はとりあえずひとりで帰《かえ》ろう。

門《もん》を出《で》てから、歩《ある》きながら思《おも》わずため息《いき》をつく。

「はぁ……ふたりとの距離感《きょりかん》もう少《すこ》し考《かんが》えないとなぁ……」

しかも、ぼうっとしてたら、すれ違《ちが》いざまに誰《だれ》かにぶつかってしまった。

その反動《はんどう》でふらついて、転《ころ》んじゃう始末《しまつ》。

なんか今日《きょう》とことんついてない……。

「ごめんね、大丈夫《だいじょうぶ》？　俺《おれ》が前見《まえみ》てなかったせいで」

「いえ、ぼうっとしてたわたしが悪《わる》いので……！」

ぶつかった相手《あいて》は、わたしと同《おな》い年《どし》くらいの男《おとこ》の子《こ》だ。

尻《しり》もちをついてるわたしに、そっと手《て》を差《さ》しのべてくれてる。

それにしても、ものすごくきれいな顔立《かおだ》ちの子《こ》だなぁ。

思《おも》わず見《み》とれてしまうほどの……きれいなブルーアイ。

「制服《せいふく》がよごれちゃったね。よかったらおわびさせて」

「これくらい洗《あら》えばなんとかなるので！」

「それだと俺《おれ》の気《き》がすまないから。よかったら俺《おれ》の学園《がくえん》に招待《しょうたい》してもいいかな」

ドラマでしか見《み》ないような、横《よこ》に長《なが》い真《ま》っ黒《くろ》の車《くるま》が登場《とうじょう》。

「俺《おれ》は朱凰京利《すおうきょうり》ね。白金学園《しろがねがくえん》に通《かよ》ってる三年生《さんねんせい》」

そう言《い》って、学生証《がくせいしょう》を見《み》せてくれた。

白金学園《しろがねがくえん》といえば、このへんではかなり有名《ゆうめい》で、高貴《こうき》な家柄《いえがら》じゃないと通《かよ》えないと言《い》われてる。

「どうかした？　俺《おれ》の顔《かお》に何《なに》かついてるかな？」

「あ、いや、きれいなブルーアイだなぁって」

「あぁ、俺海外《おれかいがい》の血《ち》が混《ま》ざってるんだよね。きれいって言《い》ってもらえてうれしいな」

笑顔《えがお》もとってもさわやかで、わたしと同《おな》い年《どし》とは思《おも》えないほど大人《おとな》っぽい。

「俺《おれ》の学園案内《がくえんあんない》するから、どうかな？」

初対面《しょたいめん》の人《ひと》だし、あんまりひょこひょこついていくのはあぶない気《き》がする。

「えっと、あんまり時間《じかん》なくて……ごめんなさい」

「そんなに時間《じかん》は取《と》らせないから、ダメかな」

うぅ、なんだか断《ことわ》るの申《もう》し訳《わけ》なくなってきた。

向《む》こうも善意《ぜんい》で言《い》ってくれてるんだろうし。

「わ、わかりました。少《すこ》しなら」

悪《わる》い人《ひと》には見《み》えないし……大丈夫《だいじょうぶ》だよね。

こうして、真《ま》っ黒《くろ》の高級車《こうきゅうしゃ》で白金学園《しろがねがくえん》へ。

ここは、なんと門《もん》の中《なか》まで車《くるま》が入《はい》れるらしく、ほとんどの生徒《せいと》は車《くるま》で通学《つうがく》してるそう。

「さ、どうぞ。足《あし》もと気《き》をつけてね」

車《くるま》から降《お》りると、目《め》の前《まえ》にひときわ立派《りっぱ》にそびえたつ宮廷《きゅうてい》のような美《うつく》しい建物《たてもの》が。

「ここ、俺《おれ》が専用《せんよう》で使《つか》ってる場所《ばしょ》なんだ」

「へ、へぇ。そうなんですね」

白金学園《しろがねがくえん》の校舎《こうしゃ》も、花城学園《はなしろがくえん》に負《ま》けずおとらずでとてもきれいだけど、この建物《たてもの》だけは別格《べっかく》。こんなすごいところが専用《せんよう》で使《つか》えるって、朱凰《すおう》くんはいったい何者《なにもの》なんだろう？

建物《たてもの》の中《なか》は真《ま》っ赤《か》なじゅうたんが一直線《いっちょくせん》にしかれていて、壁《かべ》にはたくさんの絵画《かいが》。

少《すこ》し奥《おく》の部屋《へや》に通《とお》されて、ふかふかのソファに座《すわ》ることに。

しばらくして紅茶《こうちゃ》と一緒《いっしょ》に、たくさんの種類《しゅるい》のお菓子《かし》が乗《の》ったティースタンドが運《はこ》ばれてきた。

「たくさんあるからよかったら食《た》べてね」

片手《かたて》にティーカップを持《も》ちながら、紅茶《こうちゃ》を口《くち》に運《はこ》ぶ姿《すがた》すらきれいな朱凰《すおう》くん。

こんなに素敵《すてき》な部屋《へや》で優雅《ゆうが》な時間《じかん》を過《す》ごせるって、いきなりお姫《ひめ》さまになった気分《きぶん》だ。

「こんなにしてもらっちゃってすみません……」

「いいよ、全然気《ぜんぜんき》にしないで」

「はっ、そういえばわたし自己紹介《じこしょうかい》してなかったですよね⁉」

「花城学園《はなしろがくえん》の三年《さんねん》、桃園妃那《ももぞのひな》ちゃんでしょ？」

「えっ、どうして知《し》って……」

「さっきぶつかったときに学生証《がくせいしょう》を落《お》としてたから、中《なか》が少《すこ》し見《み》えたんだよ。はい、返《かえ》すの遅《おそ》くなってごめんね」

あれ、たしか学生証《がくせいしょう》は胸《むね》ポケットにしまっていたはず……。

そんな簡単《かんたん》に落《お》ちないと思《おも》うんだけど。

「どうかした？」

「あっ、ええっと、ありがとう……ございます」

「俺《おれ》たち同《おな》い年《どし》だから敬語《けいご》やめようよ。あと、俺《おれ》のことは京利《きょうり》って呼《よ》んでほしい。ね、妃那《ひな》ちゃん」

王子《おうじ》さまみたいな雰囲気《ふんいき》だけど、意外《いがい》と押《お》しが強《つよ》い……かも。

さらっと、わたしのこと下《した》の名前《なまえ》で呼《よ》んでるし。

それに、なんとなく雪都《ゆきと》くんや柊都《しゅうと》くんと同《おな》じようなオーラを持《も》っている気《き》がする。

すべてを見《み》すかすような瞳《ひとみ》が、ふたりと似《に》てる。

「スキだらけなのもほどほどにね」

「……え？」

「なんでもないよ。それより、もっとお互《たが》いのこと知《し》るためにいろいろ話《はな》そうか」

どうしてだろう。京利《きょうり》くんと話《はな》せば話《はな》すほど、心《こころ》に抱《かか》えた闇《やみ》のようなものを感《かん》じる。

わたしの気《き》のせい……かな。いろいろ考《かんが》えすぎ……？

けど、こういうのって意外《いがい》と的中《てきちゅう》する確率《かくりつ》が高《たか》くて……。

「俺《おれ》さ、望月雪都《もちづきゆきと》くんがこの世《よ》でいちばん嫌《きら》いでね」

え……今《いま》なんて……？

京利《きょうり》くんの声色《こわいろ》が、一瞬《いっしゅん》とても低《ひく》くなった。

さらに。

「……消《け》してやりたいくらい」

これは冗談《じょうだん》なんかじゃない……声《こえ》と表情《ひょうじょう》で伝《つた》わってくる。

思《おも》わず息《いき》をのむ瞬間《しゅんかん》だった。

そういえば、少《すこ》し前《まえ》に有垣《うがき》くんが言《い》ってたことを思《おも》い出《だ》した。

ブルームの敵《てき》チーム……エーデ。そこのトップに立《た》つ総長《そうちょう》は、雪都《ゆきと》くんのことをものすごく嫌《きら》ってるって。その理由《りゆう》までは聞《き》かなかったけど……。

まさか、京利《きょうり》くんがエーデの総長《そうちょう》なんてこと……。

もしそうなら、敵《てき》チームの学園《がくえん》でこんなのんきにお茶《ちゃ》してる場合《ばあい》じゃない。

でも、まだこれは可能性《かのうせい》にしかすぎなくて。

確信《かくしん》はないから、いったん落《お》ち着《つ》こう。

冷静《れいせい》でいないと、京利《きょうり》くんも不審《ふしん》に思《おも》うだろうし。

「妃那《ひな》ちゃん、どうかした？」

「……あっ、ううん」

ふと、さっきまで気《き》づくことがなかった——京利《きょうり》くんの制服《せいふく》のえりもとに、キラリと光《ひか》るものが目《め》に飛《と》び込《こ》んできた。

たしか、エーデの総長《そうちょう》はその証《あかし》として……シルバーの蝶《ちょう》をモチーフにしたものを制服《せいふく》につけてるって。

「あっ……」

シルバーの蝶《ちょう》が見《み》えた瞬間《しゅんかん》、動揺《どうよう》してティースプーンを落《お》としてしまった。

まさか、こんな偶然《ぐうぜん》ありえる……？

間違《まちが》いない……京利《きょうり》くんは、エーデの総長《そうちょう》だ。

「どうしたの？　急《きゅう》に表情《ひょうじょう》が変《か》わったね」

「いや、えっと……」

京利《きょうり》くんがエーデの総長《そうちょう》だからって、何《なに》もあわてることはない。

向《む》こうは、わたしのことを花城学園《はなしろがくえん》の生徒《せいと》だと思《おも》ってるくらいだろうから。

わたしが雪都《ゆきと》くんと柊都《しゅうと》くんに関《かか》わりがあるなんて、気《き》づいてるわけない。

「そういえばさ、妃那《ひな》ちゃんは雪都《ゆきと》くんと同《おな》じ学園《がくえん》だよね？　雪都《ゆきと》くんのことは知《し》ってる？」

知《し》り合《あ》いってこと、ここでバレるのはまずい気《き》がする。

わたしの中《なか》の危険《きけん》レーダーが反応《はんのう》してる。

なんとかうまく気《き》づかれないようにしなきゃ。

「妃那《ひな》ちゃんの学園《がくえん》では有名《ゆうめい》だよね？　ふたごでブルームの総長《そうちょう》やってるし」

「名前《なまえ》……くらいは知《し》ってる……けど」

「へぇ、そっか。てっきり仲《なか》がいいのかと思《おも》ってた」

「どうして、そう思《おも》うの？」

「んー、カンってやつ？　結構当《けっこうあ》たるんだよ」

まさかこのとき、京利《きょうり》くんの目線《めせん》がローズに向《む》いていたなんて、気《き》づく余裕《よゆう》なんかあるわけもなく――。

ドクドクと心臓《しんぞう》が嫌《いや》な音《おと》を立《た》てるし、身体《からだ》からは変《へん》な汗《あせ》が出《で》てくる。

それを京利《きょうり》くんにさとられないよう、必死《ひっし》に取《と》りつくろう。

そこから先《さき》は、口《くち》に運《はこ》んだものの味《あじ》なんかわからなくて、何《なに》を話《はな》したのかも忘《わす》れてしまうほど。

でも、なんとか乗《の》り切《き》ることができて、ようやく白金学園《しろがねがくえん》から出《で》て車《くるま》で家《いえ》の近《ちか》くまで送《おく》ってもらってるところ。

「あの、ここで大丈夫《だいじょうぶ》」

「妃那《ひな》ちゃんと今日《きょう》いろいろ話《はなし》ができて楽《たの》しかったよ」

「そ、そっか。それじゃあ、わたしはこれで――」

早《はや》くここから出《で》たくて、車《くるま》のドアを開《あ》けようとしたときだった。

京利《きょうり》くんがわたしの手《て》を強《つよ》い力《ちから》でつかんだ。

何《なに》かと思《おも》って、ゆっくり振《ふ》り返《かえ》ると……不敵《ふてき》な笑《え》みを浮《う》かべている京利《きょうり》くんがいた。

「あとさ、俺《おれ》は嘘《うそ》をつくやつも嫌《きら》い」

「……え？」

たぶん、安心《あんしん》するのはまだ早《はや》かった。

「これ……望月兄弟《もちづききょうだい》のローズだろ」

「っ……！」

まるで、すべてわかっていたかのような表情《ひょうじょう》。

もしかして、最初《さいしょ》から気《き》づいてた？

それとも、さっきの数時間《すうじかん》の会話《かいわ》で気《き》づかれた……？

これは偶然《ぐうぜん》なんかじゃなくて、最初《さいしょ》から仕組《しく》まれてた可能性《かのうせい》だって……。

ど、どうしよう……頭《あたま》はフル回転《かいてん》してるのに、何《なに》も浮《う》かばないに等《ひと》しいなんて。

あせるわたしとは対照的《たいしょうてき》に、貼《は》り付《つ》けたような笑顔《えがお》でこっちを見《み》てる京利《きょうり》くん。

「今日《きょう》はこのへんでね。あ、俺《おれ》と会《あ》ったこと、ふたりに言《い》っちゃダメだよ？　俺《おれ》と妃那《ひな》ちゃんだけの秘密《ひみつ》」

つかまれていた腕《うで》が解放《かいほう》されて、あわてて車《くるま》から降《お》りた。

このとき、ローズがなくなっていることに、わたしは気《き》づかなかった。

「これからもっと楽《たの》しませてもらうよ……妃那《ひな》ちゃん」

京利《きょうり》くんが、そんなことをつぶやいていたのも知《し》らずに――。

まさかのピンチ

翌日《よくじつ》――じゃっかん、周囲《しゅうい》を警戒《けいかい》しながら学園《がくえん》へ。

学園《がくえん》に行《い》くまでの途中《とちゅう》、さいわいにも京利《きょうり》くんの姿《すがた》はなく。

ホッとしながら、学園《がくえん》の門《もん》をくぐる。

それにしても、昨日《きのう》の出来事《できごと》がインパクト強《つよ》すぎて……。

まさか、道《みち》で偶然《ぐうぜん》ぶつかった相手《あいて》が、よりにもよってブルームと敵対《てきたい》してるエーデの総《そう》長《ちょう》だったなんて。

しかも、それに気《き》づかず敵《てき》チームの学園《がくえん》に、のこのこついて行《い》ってしまった。

京利《きょうり》くんは、ぜったい気《き》づいてる……わたしが雪都《ゆきと》くんたちと関《かか》わりがあること。

あのとき、とっさにごまかせたらよかったのに。

嘘《うそ》をつくのって、やっぱり苦手《にがて》だ。

このこと、雪都《ゆきと》くんや柊都《しゅうと》くんには黙《だま》ってたほうがいいよね。

ふたりに余計《よけい》な心配《しんぱい》かけたくないし……。

わたしが今《いま》よりもっと気《き》をつけるようにすればいいし！

とはいえ、エーデの総長《そうちょう》である京利《きょうり》くんが、どんな人柄《ひとがら》なのかは知《し》っておいたほうがいい気《き》がして。

「あの、有垣《うがき》くん。ちょっと聞《き》きたいことがあって」

「どうしたんすか？」

雪都《ゆきと》くんが机《つくえ》にふせて寝《ね》てるのを確認《かくにん》。

よし、聞《き》くなら今《いま》のうちだ。

「少《すこ》し前《まえ》にさ、ブルームと敵対《てきたい》してるチームがいるって話《はな》してくれたでしょ？」

「あー、エーデのことっすか？」

「そ、そう！　そのエーデの総長《そうちょう》が雪都《ゆきと》くんのことあまりよく思《おも》ってないって」

「向《む》こうが勝手《かって》に敵対視《てきたいし》してるんすよ。雪都《ゆきと》さんは無駄《むだ》なたたかいはさけるタイプですし、話《はなし》が通《つう》じないやつは相手《あいて》にしないんですよね。エーデは話《はな》し合《あ》いで解決《かいけつ》する気《き》とかまったくないチームなんで」

「そう、なんだ」

「しかも、エーデの総長《そうちょう》は気《き》が荒《あら》いところあるんで。雪都《ゆきと》さんが自分《じぶん》を相手《あいて》にしない態《たい》度《ど》が気《き》に入《い》らないんじゃないっすかね」

昨日《きのう》話《はな》した感《かん》じだと、本音《ほんね》がわからない雰囲気《ふんいき》はあったけど、乱暴《らんぼう》そうには見《み》えなかったけどな。

でも、それはもしかしたら、京利《きょうり》くんの本当《ほんとう》の顔《かお》じゃない……いつわってるのかもしれない。

それに、結構《けっこう》さらっと物騒《ぶっそう》な言葉《ことば》を並《なら》べてたし……。

「妃那《ひな》さんも気《き》をつけてくださいね。エーデの総長《そうちょう》は人《ひと》が良《よ》さそうに見《み》えて、何考《なにかんが》えてるかほんとわかんないやつなんすよ。おとなしい顔《かお》して、手段《しゅだん》を選《えら》ばず平気《へいき》でエグいこともするんで」

「あの、そのエーデの総長《そうちょう》の名前《なまえ》って……」

「朱凰京利《すおうきょうり》。ブルーアイが特徴的《とくちょうてき》なんで、顔見《かおみ》たらすぐわかりますよ」

あぁ、ビンゴ……。

これは、ますます昨日《きのう》のことはふたりに言《い》えない……。

それに、わたしはこれから先《さき》、京利《きょうり》くんと関《かか》わることはない……だろうし！

昨日《きのう》のことは忘《わす》れよう……！

「妃那《ひな》さんがエーデのこと知《し》りたがるなんて、何《なに》かあったんすか？」

「い、いや！　少《すこ》し前《まえ》にそんな話《はなし》を聞《き》いたの思《おも》い出《だ》して、なんとなく気《き》になっただけで！

深《ふか》い意味《いみ》は何《なに》もないから！」

「ってか、妃那《ひな》さんローズどうしたんすか？」

「……え？」

有垣《うがき》くんが、わたしの制服《せいふく》のえりもとを指《ゆび》さした。

目線《めせん》を下《した》に落《お》とすと、ローズがふたつともなくなっていた。

あれ……昨日《きのう》、京利《きょうり》くんの車《くるま》に乗《の》っているときはあったのに。

急《いそ》いで降《お》りたから、そのときに外《はず》れちゃった？

でも、ふたつ同時《どうじ》になくなるなんてことある……かな。


「ひ……な」

「…………」

「ひーな」

「って、わわっ！　雪都《ゆきと》くん近《ちか》いよ！」

「呼《よ》んでも返事《へんじ》しない妃那《ひな》が悪《わる》い」

お昼休《ひるやす》み。

テラスでお昼《ひる》を食《た》べようとしたら、柊都《しゅうと》くんから連絡《れんらく》が。

ブルームが使《つか》ってる旧校舎《きゅうこうしゃ》の専用《せんよう》の部屋《へや》で、一緒《いっしょ》にお昼《ひる》を食《た》べようって。

朝《あさ》からずっと頭《あたま》の中《なか》は京利《きょうり》くんのことばかり。

今《いま》も考《かんが》えすぎて、ぼうっとしてた。

隣《となり》に座《すわ》ってる雪都《ゆきと》くんは、不思議《ふしぎ》そうな顔《かお》をしてわたしを見《み》てる。

「雪都《ゆきと》さー、僕《ぼく》が妃那《ひな》ちゃんをさそったんだから独占《どくせん》しないでよ」

「……俺《おれ》も妃那《ひな》のことさそおうと思《おも》ってたし」

「そういうの後出《あとだ》しって言《い》うんだよ。よくないよねー」

ソファに座《すわ》るわたしの両《りょう》サイドに、雪都《ゆきと》くんと柊都《しゅうと》くんが座《すわ》ってる。

なんか三人《さんにん》でいるときは、いつもこの並《なら》びな気《き》がする。

「ってか、雪都《ゆきと》は妃那《ひな》ちゃんにべったりしすぎ」

わたしの肩《かた》にもたれかかって、眠《ねむ》そうにしてる雪都《ゆきと》くん。

「妃那《ひな》が隣《となり》にいると落《お》ち着《つ》くし」

わたしの心臓《しんぞう》は、まったく落《お》ち着《つ》かないのに。

雪都《ゆきと》くんって、距離感《きょりかん》がおかしいこと多《おお》いから、そのたびにわたしはドキドキしちゃう。

今《いま》までずっと、近《ちか》くに男《おとこ》の子《こ》がいたことないから、こんなふうになるのかな。

それとも、雪都《ゆきと》くんだから特別《とくべつ》にドキドキするの……？

「じゃあ、僕《ぼく》も妃那《ひな》ちゃんにべったりしよー」

「わわっ、柊都《しゅうと》くんまでなんで!?」

「だって、雪都《ゆきと》だけずるいじゃん。僕《ぼく》だって妃那《ひな》ちゃんを独占《どくせん》したいのにさー」

「……柊都《しゅうと》は妃那《ひな》に触《ふ》れるのダメ」

「じゃあ、雪都《ゆきと》も少《すこ》しは自重《じちょう》しなよ」

「……妃那《ひな》のことはゆずりたくない」

「雪都《ゆきと》にしてはめずらしいねー。普段《ふだん》は他人《たにん》にまったく興味《きょうみ》ないくせにさー」

「それは柊都《しゅうと》も同《おな》じでしょ」

ふ、ふたりともわたしが間《あいだ》にいるの忘《わす》れてない？

「えぇっと、ふたりとも話《はな》すのにわたしジャマじゃ……」

立《た》ちあがろうとしたら、両《りょう》サイドから手《て》をギュッとにぎられた。

「妃那《ひな》がいないとダメ」

「妃那《ひな》ちゃんはこのままね」

「わ、わかったから……！　い、いったん手《て》を離《はな》して！」

こ、こんな近《ちか》いのなれてなくて、困《こま》るんだってばぁ……！

「妃那《ひな》の手《て》、小《ちい》さくてかわいい」

「っ!?」

ほんとにもうこれ以上《いじょう》ドキドキさせないで……！

あわてるわたしとは対照的《たいしょうてき》なふたりに振《ふ》

り回《まわ》されてばかり。

「そういえば、妃那《ひな》。ローズどうした」

ギクリ……。雪都《ゆきと》くんするどい。

「あ、ほんとだ。僕《ぼく》のあげたローズもなくなってる」

ほんとは今日《きょう》の放課後《ほうかご》、昨日《きのう》通《とお》った道《みち》を探《さが》そうと思《おも》ってた。

「き、昨日帰《きのうかえ》りに転《ころ》んだときに制服《せいふく》がよごれちゃって。制服変《せいふくか》えたらローズつけ忘《わす》れちゃった」

「……転《ころ》んだって、ケガとかなかった？」

「う、うん。軽《かる》く尻《しり》もちついたくらいで」

「……妃那《ひな》はあぶなっかしいから心配《しんぱい》」

雪都《ゆきと》くん優《やさ》しいなぁ。転《ころ》んだわたしのこと心配《しんぱい》してくれるなんて。

それにしても、明日《あした》からローズどうしよう……。

とりあえず今日探《きょうさが》してみて、なかったらまた明日考《あしたかんが》えようかな。

まさか、京利《きょうり》くんが持《も》ってたりしないよね……？

雪都《ゆきと》くんも柊都《しゅうと》くんも、わたしが敵《てき》チームの総長《そうちょう》と会《あ》ってたなんて知《し》ったら、どんな反応《はんのう》するかわかんないし。

やっぱり、ふたりには黙《だま》っておこう。


そして、あっという間《ま》に放課後《ほうかご》に。

よしっ、昨日《きのう》の帰《かえ》り道《みち》をたどって、ローズを探《さが》さなきゃ！

――と思《おも》ったら。

「な、なんでふたり一緒《いっしょ》なの⁉」

クラスから出《で》ようとしたら、雪都《ゆきと》くんに声《こえ》をかけられた。

それに、柊都《しゅうと》くんもわたしのクラスにやって来《き》て、ふたりと帰《かえ》ることに。

「最近《さいきん》妃那《ひな》ちゃんと一緒《いっしょ》に帰《かえ》れてないし」

「……妃那《ひな》が俺《おれ》のこと置《お》いていくから」

こうなったら、ふたりと帰《かえ》りながらローズを探《さが》すしかないかぁ。

門《もん》のほうまでいくと、何《なに》やら周《まわ》りがいつもよりざわついてる。

外《そと》で何《なに》かあったのかな？

ふたりと一緒《いっしょ》に門《もん》を出《で》ると、見覚《みおぼ》えのある横《よこ》に長《なが》くて黒《くろ》い車《くるま》が停《と》まっている。

あれ、あの車《くるま》……見《み》たことあるような。いや、まさか……ね？

思《おも》わず、ゴクッと息《いき》をのむ。

そして、いちばんおそれていた事態《じたい》が発生《はっせい》。

車《くるま》の中《なか》からさっそうと降《お》りてきて、わたしたちをばっちりとらえた——ブルーアイ。

「あ、妃那《ひな》ちゃん」

ひぃ、なんで京利《きょうり》くんがここに……!?　まさかのまさかすぎる……！

しかも、よりにもよってふたりと一緒《いっしょ》にいるときに！

雪都《ゆきと》くんと柊都《しゅうと》くんの空気感《くうきかん》が、ピリッと変《か》わったのがわかる。

そして、ふたりがわたしを守《まも》るように前《まえ》に立《た》った。

「久《ひさ》しぶりだね、雪都《ゆきと》くんに柊都《しゅうと》くん。ふたりともそんな怖《こわ》い顔《かお》しちゃダメだよ？　俺《おれ》は今日《きょう》いいことをしに来《き》たんだから」

ふたりをうまくかわして、京利《きょうり》くんがわたしの前《まえ》に立《た》った。

「妃那《ひな》ちゃんに渡《わた》したいものがあってね」

い、いったい何《なに》を……。

「昨日《きのう》これ忘《わす》れていったでしょ？」

京利《きょうり》くんの手《て》には、なくなったと思《おも》っていたふたつのローズが。

ど、どうしよう……！　タイミング最悪《さいあく》すぎるよぉ……。

まさか京利《きょうり》くんのところにあったなんて。

「……なんでお前《まえ》が妃那《ひな》のローズ持《も》ってんの」

「ははっ、なんでだろう？　昨日《きのう》、妃那《ひな》ちゃんと偶然道《ぐうぜんみち》で出会《であ》ってね。俺《おれ》の学園《がくえん》に招待《しょうたい》したんだよ。そのときにローズを忘《わす》れていったのかな」

なんかもう隠《かく》しきれないところまでぜんぶバラされてる……。

「それにしてもさ、雪都《ゆきと》くんがここまで感情《かんじょう》をあらわにするのめずらしいよね。いつも何事《なにごと》にも無関心《むかんしん》って感《かん》じのくせしてさ……妃那《ひな》ちゃんは特別《とくべつ》なんだ？」

「……お前《まえ》に話《はな》す筋合《すじあ》いないだろ」

「そっかそっか。じゃあ、妃那《ひな》ちゃんこれどうぞ。もうなくしちゃダメだよ？」

ローズがふたつ、わたしの手《て》もとに戻《もど》ってきた。

「お前《まえ》が妃那《ひな》からうばったんだろ」

「証拠《しょうこ》もないのに、そんな決《き》めつけてくるの雪都《ゆきと》くんらしくないなぁ」

「……何《なに》をたくらんでる。妃那《ひな》をまき込《こ》むのは俺《おれ》が許《ゆる》さない」

「まあ、落《お》ち着《つ》いてよ。俺《おれ》たちも抗争《こうそう》は起《お》こしたくないからさー、穏便《おんびん》にいこうよ。今日《きょう》は妃那《ひな》ちゃんに会《あ》いに来《き》ただけだから」

このピリつく空気感《くうきかん》の中《なか》、京利《きょうり》くんがわたしの手《て》をスッと取《と》った。

「また話《はな》そうね、妃那《ひな》ちゃん」

笑顔《えがお》でそのままわたしの手《て》の甲《こう》にキスを落《お》とした。

いきなりのことに、びっくりしすぎて目《め》をぱちくり。

な、なんでこんなことに……。

そして、京利《きょうり》くんは嵐《あらし》のように去《さ》っていった。

「妃那《ひな》」

「妃那《ひな》ちゃん」

これは、ふたりともぜったい怒《おこ》ってる……。

「「どういうことか説明《せつめい》して」」

これは正直《しょうじき》にきちんと話《はな》したほうがよさそう。

昨日《きのう》あった出来事《できごと》をふたりにきちんと話《はな》した。

「ローズのことは、嘘《うそ》ついてほんとにごめんなさい……！」

「……なんで俺《おれ》たちに京利《きょうり》のこと話《はな》してくれなかった？」

「話《はな》すべきか迷《まよ》って。それに、わたしがちゃんと断《ことわ》ってたらよかったのに、うまく断《ことわ》り切《き》れなくて……」

「とりあえず、妃那《ひな》ちゃんが無事《ぶじ》でよかったよ。京利《きょうり》は何《なに》を考《かんが》えてるか読《よ》めないところがいちばん怖《こわ》いからさ」

「……京利《きょうり》が妃那《ひな》と会《あ》ったのも偶然《ぐうぜん》と思《おも》えない」

「たしかにそうだよねー。京利《きょうり》ならぜんぶ仕組《しく》んでそうだし。そうなると、こっちもエーデの出方《でかた》をしっかり調《しら》べるしかないね」

「わたしのせいでごめんなさい……」

「妃那《ひな》はなんも悪《わる》くない。むしろ、俺《おれ》たちのせいでまき込《こ》んでごめん」

「京利《きょうり》が妃那《ひな》ちゃんに興味《きょうみ》を示《しめ》してるのも気《き》になるよね。これから京利《きょうり》が何《なに》か仕掛《しか》けてくる可能性《かのうせい》もあるから、妃那《ひな》ちゃんの単独行動《たんどくこうどう》はさけたほうがいいかもね」

「妃那《ひな》がねらいって可能性《かのうせい》も捨《す》てきれない」

「京利《きょうり》に目《め》をつけられたのはやっかいだよねー」

ふたりがこれだけ警戒《けいかい》してるってことは、やっぱり京利《きょうり》くんは注意《ちゅうい》しなきゃいけないいあぶない人《ひと》なんだ。

「妃那《ひな》がひとりにならないように、俺《おれ》と柊都《しゅうと》でなんとかするしかない」

「そうだね。瑛樹《えいき》と創士《そうし》の力《ちから》も借《か》りて、学園《がくえん》の外《そと》では妃那《ひな》ちゃんの護衛《ごえい》を徹底《てってい》しないと」

「妃那《ひな》に危険《きけん》がおよぶ可能性《かのうせい》は俺《おれ》たちでぜんぶつぶす」

「これから京利《きょうり》が接触《せっしょく》してくるかもしれないから、妃那《ひな》ちゃんも警戒《けいかい》してほしい」

「う、うん。わかった。えっと、これからは京利《きょうり》くんと関《かか》わらないように、わたしも注《ちゅう》意《い》して行動《こうどう》するね！」

ふたりに守《まも》ってもらうばかりじゃダメだと思《おも》うから。

わたしもちゃんと意識《いしき》して行動《こうどう》しないと。

「「京利《きょうり》……？」」

ふたりとも同時《どうじ》に反応《はんのう》した。

えっ、わたし何《なに》かおかしなこと言《い》ったかな。

「まってよ、妃那《ひな》ちゃん。なんで京利《きょうり》のこと下《した》の名前《なまえ》で呼《よ》んでるの？」

「えっ？　あっ、京利《きょうり》くんがそうやって呼《よ》んでほしいって」

あれ、なんかふたりとも機嫌悪《きげんわる》くなってる？

急《きゅう》にどうしたんだろう？

「……俺《おれ》やっぱアイツ嫌《きら》い」

「気《き》が合《あ》うね。僕《ぼく》も京利《きょうり》のそういうとこ嫌《きら》いだよ」

ふたりの様子《ようす》を見《み》て、ブルームの敵《てき》……エーデの総長《そうちょう》である京利《きょうり》くんには、これから
もっと警戒《けいかい》しなきゃいけないって学《まな》んだ。

総長《そうちょう》さまの特別《とくべつ》

最近《さいきん》やっと期末《きまつ》テストが終《お》わり——ジメジメした空気《くうき》から、カラッとした暑《あつ》さになってきた七月上旬《しちがつじょうじゅん》。

今日《きょう》は雪都《ゆきと》くんとふたり、旧校舎《きゅうこうしゃ》の部屋《へや》で一緒《いっしょ》にお昼《ひる》を食《た》べてる。

ここは、学園内《がくえんない》で雪都《ゆきと》くんとゆっくり過《す》ごせる唯一《ゆいいつ》の場所《ばしょ》だ。

いつもは柊都《しゅうと》くんや有垣《うがき》くん、苑井《そのい》くんもここにいるけど、今日《きょう》はみんな用事《ようじ》があるみたいでいない。

なので、雪都《ゆきと》くんとふたりでお昼休《ひるやす》みを過《す》ごす。

「ふぁ、なんか眠《ねむ》い……」

「妃那《ひな》が寝不足《ねぶそく》なのめずらしい」

「……ん、最近期末《さいきんきまつ》テストに向《む》けて夜遅《よるおそ》くまで勉強《べんきょう》してたからかなぁ」

がんばったおかげで、テストの成績《せいせき》は上位《じょうい》を取《と》れたし。

お昼《ひる》を食《た》べたら、強《つよ》い眠気《ねむけ》におそわれた。

眠《ねむ》くてうとうと……。

雪都《ゆきと》くんのそばにいると、安心《あんしん》して落《お》ち着《つ》く。

とくに会話《かいわ》とかなくても、雪都《ゆきと》くんと同《おな》じ空間《くうかん》で同《おな》じ時間《じかん》を過《す》ごすだけで、すごく心地《ここち》がいい。

距離《きょり》が近《ちか》くなるとドキドキしちゃうけど。

これはきっと、雪都《ゆきと》くんだからかな……なんて、うとうとしながら思《おも》った。


しばらく視界《しかい》が真《ま》っ暗《くら》で、意識《いしき》がぼんやり。

なんかまぶた重《おも》たいし……あれ、もしかしてわたしいま寝《ね》てた……？

落《お》ちていたまぶたをゆっくり上《あ》げると、わたしをじっと見《み》てる雪都《ゆきと》くんがいて。

も、もしかしてわたし雪都《ゆきと》くんにもたれかかって寝《ね》てた？

「っ⁉　わわっ、ごめんね……！」

あわてて雪都《ゆきと》くんから距離《きょり》を取《と》った。

いくら寝《ね》ぼけてたとはいえ、自分《じぶん》からこんな雪都《ゆきと》くんに近《ちか》づくなんて……！

しかも、時計《とけい》を見《み》たら、もうとっくに五時間目《ごじかんめ》の授業《じゅぎょう》が始《はじ》まってる時間《じかん》。

えっ、うそ。わたしそんなに寝《ね》てた⁉

チャイムの音《おと》もまったく聞《き》こえなかったし、眠《ねむ》り深《ふか》すぎない⁉

わたしはともかく、雪都《ゆきと》くんまで授業《じゅぎょう》に参加《さんか》できなくて迷惑《めいわく》かけちゃった。

「ゆ、雪都《ゆきと》くんごめんね！　わたしが寝《ね》ちゃったせいで」

「それだけ俺《おれ》に気許《きゆる》してくれてるってことでしょ？　俺《おれ》も妃那《ひな》のかわいい寝顔《ねがおみ》見れたから満足《まんぞく》だし」

「っ！　寝顔《ねがおみ》見られるのは恥《は》ずかしいよ」

「柊都《しゅうと》の前《まえ》ではそんな無防備《むぼうび》にするのはダメだけど」

「雪都《ゆきと》くんの隣《となり》にいると心地《ここち》いいから、安心《あんしん》しちゃうんだと思《おも》う」

「……ん、じゃあこっちくる？」

「へ？」

両手《りょうて》を広《ひろ》げてる雪都《ゆきと》くん。

「まだ眠《ねむ》いなら俺《おれ》でよければどーぞ」

「それってどういう――」

軽《かる》く肩《かただ》を抱《よ》き寄せられて、さっきと同《おな》じようにものすごく近《ちか》くに雪都《ゆきと》くんが。

「いいよ、もっと寝《ね》て」

こ、こんなの落《お》ち着《つ》いて眠《ねむ》れるわけない……！

雪都《ゆきと》くんの顔《かお》は見《み》えないのに、こうして触《ふ》れてるだけで心臓《しんぞう》がバクバクうるさい。

こんなふうにくっついていたら、その音《おと》を聞《き》かれちゃいそう。

「む、むりむり……っ！」

「なんで？　今《いま》まで寝《ね》てたのに」

「あ、あれはほとんど無意識《むいしき》っていうか！　雪都《ゆきと》くんがこんな近《ちか》くにいたら、ドキドキして心臓《しんぞう》おかしくなる……っ」

もう、わたしはいっぱいいっぱいなのに。

「……妃那《ひな》かわいーね」

「あ、うぅっ……」

雪都《ゆきと》くんが、すくいあげるように下《した》からわたしの顔《かお》をのぞきこむ。

「妃那《ひな》のかわいいとこ、もっと俺《おれ》だけに見《み》せてよ」

頬《ほお》のあたりがぽわぽわ熱《あつ》くて、胸《むね》のときめきが止《と》まらない。

どうもわたしは、雪都《ゆきと》くんの甘《あま》い素顔《すがお》にとっても弱《よわ》いみたい。

「妃那《ひな》さん！　すぐに雪都《ゆきと》さんと連絡取《れんらくと》ってもらえないっすか！」

有垣《うがき》くんすごくあわててる。

そういえば、ここ最近雪都《さいきんゆきと》くんと連絡《れんらく》が取《と》りにくいって困《こま》ってたっけ？

「雪都《ゆきと》くんまたどこか行《い》っちゃったの？」

「そうなんすよ。気《き》まぐれなのは相変《あいか》わらずですけど、連絡《れんらく》が取《と》れないことは今《いま》までそんなになかったんで」

「そ、そっか。何《なに》か事情《じじょう》があるのかな」

雪都《ゆきと》くんは普段《ふだん》ゆるっとしてるけど、ブルームの総長《そうちょう》としての顔《かお》は誰《だれ》よりもりりしくて、チームのこともきちんと考《かんが》えてるだろうから。

「妃那《ひな》さんからの連絡《れんらく》なら応《おう》じてもらえると思《おも》うんで！　ためしにメッセージ送《おく》ってみてください！」

ためしにスタンプを送《おく》ってみた。

「え、既読《きどく》はや!!　スタンプだけでこんな爆速《ばくそく》で既読《きどく》つくとか信《しん》じられないっす！」

「たまたまスマホ見《み》てただけじゃ」

「俺《おれ》たちの連絡《れんらく》でこんな既読《きどく》が早《はや》くついたことないっすよ!?」

すると、トーク画面《がめん》から着信《ちゃくしん》の画面《がめん》になった。

「あっ、雪都《ゆきと》くんから電話《でんわ》だ」

「心配《しんぱい》してかけてきたんすね」

応答《おうとう》をタップした。

〈妃那《ひな》、どーした？〉

「あっ、えぇっと、有垣《うがき》くんが雪都《ゆきと》くんのこと探《さが》してるよ」

〈んじゃ、妃那《ひな》が迎《むか》えにきて〉

通話《つうわ》が終《お》わると、雪都《ゆきと》くんの位置情報《いちじょうほう》がわたしのスマホに送《おく》られてきた。

「妃那《ひな》さんさすが……。いつもの旧校舎《きゅうこうしゃ》にいるんで、雪都《ゆきと》さんを連《つ》れてきてもらえると助《たす》かるっす！」

「りょ、了解《りょうかい》です！」

位置情報《いちじょうほう》の場所《ばしょ》は……学園内《がくえんない》のコンピューター室《しつ》？

真面目《まじめ》に調《しら》べものしてると思《おも》ったら、奥《おく》にあるソファで横《よこ》になってる雪都《ゆきと》くんがいた。

「あっ、雪都《ゆきと》くんいた！」

「妃那《ひな》のことだから迷子《まいご》にならないか心配《しんぱい》してた」

「だ、大丈夫《だいじょうぶ》だよ！」

「けどさ、はじめて学園《がくえん》で会《あ》ったとき迷子《まいご》になってなかった？」

「うっ、そういえばそんなことも……」

今《いま》はなれてきて、さすがに学園内《がくえんない》で迷子《まいご》になることはなくなったけど。

「って、そんなことより雪都《ゆきと》くんがふらっとどこか行《い》っちゃうから！　有垣《うがき》くんが連絡取《れんらくと》れないってわたしのところ来《き》たんだよ」

「あー……俺《おれ》が妃那《ひな》に弱《よわ》いの知《し》ってるからでしょ」

「よ、弱《よわ》いって？」

「んー、妃那《ひな》だけ特別《とくべつ》ってこと」

また胸《むね》の鼓動《こどう》が騒《さわ》がしい。

雪都《ゆきと》くんの言葉《ことば》や態度《たいど》に、いちいちドキドキしてる。

「ってか、ちょっと疲《つか》れたから充電《じゅうでん》させて」

「……へ、わわっ」

雪都《ゆきと》くんが、むぎゅっと抱《だ》きついてきた。

「はぁ……妃那《ひな》に触《ふ》れると落《お》ち着《つ》く」

「い、いつまでこうしてる……の？」

「俺《おれ》が満足《まんぞく》するまで」

そんなの待《ま》ってたら、わたしの心臓《しんぞう》が大変《たいへん》なことになっちゃう。

でも、雪都《ゆきと》くんの顔色《かおいろ》あまり良《よ》くない気《き》がする。

疲《つか》れてるのかな……心配《しんぱい》。

「えっと、雪都《ゆきと》くん？　あんまり無理《むり》しないでね。あと、わたしにできることがあったら教《おし》えてね。ちょっとでも雪都《ゆきと》くんの役《やく》に立《た》てたらうれしいなって思《おも》う……から」

「……妃那《ひな》それずるいよ」

「え……？」

「なんか俺《おれ》ばっかり妃那《ひな》に惹《ひ》かれてんね」

「……？」

「こういうのさ……柊都《しゅうと》とかにはしてない？」

「うん。雪都《ゆきと》くん、だけ」

「ん……俺《おれ》だけでいいよ。俺以外《おれいがい》が妃那《ひな》を独占《どくせん》すんのはダメ」

少《すこ》し顔《かお》をあげて笑《わら》ってる表情《ひょうじょう》にすらドキッとして、わたしの心臓《しんぞう》は今日《きょう》も今日《きょう》とて大《たい》変《へん》だ。


あと数日《すうじつ》で学園《がくえん》は夏休《なつやす》みに入《はい》るころ。

放課後《ほうかご》、帰《かえ》る準備《じゅんび》をしてると、前《まえ》の席《せき》に座《すわ》ってる佐竹《さたけ》さんが「どうしよう」ってつぶやいてるのが聞《き》こえた。

声《こえ》のトーンの感《かん》じからして、何《なに》か困《こま》ってるのかな。

「あの、佐竹《さたけ》さん。どうかした？」

郵便はがき

お手数ですが
切手をおはり
ください。

104-0031

東京都中央区京橋1-3-1
八重洲口大栄ビル7階

スターツ出版（株）書籍編集部
愛読者アンケート係

お名前（ふりがな）

電話　（　　）

ご住所（〒　-　）

学年（　年）　**年齢**（　歳）　**性別**（　）

この本（はがきの入っていた本）のタイトルを教えてください。

今後、新しい本などのご案内やアンケートのお願いをお送りしてもいいですか？
1. はい　2. いいえ

いただいたご意見やイラストを、本の帯または新聞・雑誌・インターネットなどの広告で紹介してもいいですか？
1. はい　2. ペンネーム（　）ならOK　3. いいえ

お客様の情報を統計調査データとして使用するために利用させていただきます。また頂いた個人情報に弊社からのお知らせをお送りさせて頂く場合があります。
個人情報保護管理責任者：スターツ出版株式会社　出版マーケティンググループ　部長　連絡先：TEL 03-6202-0311

「野いちごジュニア文庫」愛読者カード

「野いちごジュニア文庫」の本をお買い上げいただき、ありがとうございました！
今後の作品づくりの参考にさせていただきますので、下の質問にお答えください。
（当てはまるものがあれば、いくつでも選んでOKです）

♥この本を知ったきっかけはなんですか？
1. 書店で見て　2. 人におすすめされて（友だち・親・その他）　3. ホームページ
4. 図書館で見て　5. LINE　6. Twitter　7. YouTube
8. その他（　　　　）

♥この本を選んだ理由を教えてください。
1. 表紙が気に入って　2. タイトルが気に入って　3. あらすじがおもしろそうだった
4. 好きな作家だから　5. 人におすすめされて　6. 特典が欲しかったから
7. その他（　　　　）

♥スマホを持っていますか？　1. はい　2. いいえ

♥本やまんがは1日のなかでいつ読みますか？
1. 朝読の時間　2. 学校の休み時間　3. 放課後や通学時間
4. 夜寝る前　5. 休日

♥最近おもしろかった本、まんが、テレビ番組、映画、ゲームを教えてください。

♥本についていたらうれしい特典があれば、教えてください。

♥最近、自分のまわりの友だちのなかで流行っているものを教えてね。
服のブランド、文房具など、なんでもOK！

♥学校生活の中で、興味関心のあること、悩み事があれば教えてください。

♥選んだ本の感想を教えてね。イラストもOKです！

ご協力、ありがとうございました！

「そ、それが今日《きょう》わたし図書委員《としょいいん》の仕事《しごと》があって。そのことすっかり忘《わす》れて、このあと病院《びょういん》に行《い》く予定《よてい》とかぶっちゃって」

なるほど。

それで困《こま》ってたんだ。

「もうひとりの委員《いいん》の子《こ》も今日《きょう》は用事《ようじ》あるみたいで」

「そうなんだ。よかったら、わたしが代《か》わるよ」

「えっ、いいの!?」

「うん。このあと特《とく》に予定《よてい》もないし」

「あ、ありがとう……！　すごく助《たす》かる！」

図書委員《としょいいん》の仕事《しごと》は、おもに本《ほん》の貸《か》し出《だ》しと、返却《へんきゃく》の受付《うけつけ》をするだけみたい。

とりあえず図書室《としょしつ》に行《い》くことに。

その途中《とちゅう》、偶然廊下《ぐうぜんろうか》で柊都《しゅうと》くんに会《あ》った。

「あれー、妃那《ひな》ちゃんだ。どこ行《い》くの？」

「ちょっと図書室《としょしつ》に」

「何《なに》か調《しら》べものでもするの？」

「クラスの図書委員《としょいいん》の子《こ》が今日用事《きょうようじ》あるみたいで。困《こま》ってたから、代《か》わりに図書委員《としょいいん》の仕《し》事《ごと》を引《ひ》き受《う》けたの」

「へぇ、やっぱ妃那《ひな》ちゃん優《やさ》しいよねー」

「そ、そうかな」

「じゃあ、僕《ぼく》も手伝《てつだ》っちゃおうかなー」

「えっ、いいよ！　柊都《しゅうと》くんも忙《いそが》しいでしょ？」

「だって、妃那《ひな》ちゃんと一緒《いっしょ》にいたいし」

——ということで、柊都《しゅうと》くんとふたりで図書室《としょしつ》へ。

テスト前《まえ》やテスト期間中《きかんちゅう》は図書室《としょしつ》を利用《りよう》する生徒《せいと》は多《おお》いけど、通常《つうじょう》のとくに何《なに》もない日《ひ》はまったく人《ひと》がいない。

ただ受付《うけつけ》の席《せき》で座《すわ》ってるだけ。

なんかこれだと落《お》ち着《つ》かないなぁ。

何《なに》か他《ほか》にやること——。

「あっ、あそこの本《ほん》だな少《すこ》し片付《かたづ》けようかな」

「僕《ぼく》も手伝《てつだ》うよ」

こうして本《ほん》だなの整理《せいり》をすることに。

本《ほん》が乱雑《らんざつ》にしまってあったり、たおれてるものもある。

「これも図書委員《としょいいん》の仕事《しごと》？」

「んー、受付《うけつけ》だけでいいよって言《い》われてるけど、動《うご》いてるほうが好《す》きだし。それに、少《すこ》しでも整頓《せいとん》しておけば、次《つぎ》に本《ほん》を借《か》りに来《く》る人《ひと》が見《み》やすいかなと思《おも》って」

「そうやって相手《あいて》のことを思《おも》って行動《こうどう》できるのは、妃那《ひな》ちゃんのいいところだよね」

「ほめてもらえるとなんか照《て》れちゃうね」

上《うえ》にある本《ほん》に手《て》をのばして、少《すこ》し背《せ》のびした。

うっ、あと少《すこ》しで届《とど》きそう……なんだけど。

わずかに指先《ゆびさき》が本《ほん》に触《ふ》れた瞬間《しゅんかん》、身体《からだ》がグラッとゆれた。

手《て》に重《おも》たい本《ほん》も持《も》っているせいで、うまくバランスが取《と》れない。

「わわっ、きゃ……」

「妃那《ひな》ちゃん大丈夫《だいじょうぶ》？」

たおれそうになったわたしの身体《からだ》を、柊都《しゅうと》くんが見事《みごと》にキャッチ。

「ご、ごめんね。少《すこ》し無茶《むちゃ》しちゃって」

「ケガしなかった？」

「うん、だいじょ――っ！」

思《おも》ったより何倍《なんばい》も、柊都《しゅうと》くんの顔《かお》が近《ちか》くにあった。

それに、お互《たが》いの距離《きょり》が結構近《けっこうちか》くて、びっくりした。

柊都《しゅうと》くんが本《ほん》だなに軽《かる》く手《て》をついて、わたしの全身《ぜんしん》をすべておおう。

とっさに下《した》を向《む》くと、わたしの視界《しかい》には柊都《しゅうと》くんのネクタイがゆらゆらゆれてる。

「妃那《ひな》ちゃん」

「っ⁉　み、耳《みみ》もとで話《はな》すのダメだよ……！」

びっくりして、とっさに顔《かお》をあげた。

ほら、やっぱり……近《ちか》い、近《ちか》すぎるよ。

柊都《しゅうと》くんといい、雪都《ゆきと》くんといい……ふたりとも距離感《きょりかん》どうなってるの。

「妃那《ひな》ちゃんはさ、僕《ぼく》がこんな近《ちか》くにいるのになんとも思《おも》わない？」

「……？」

「その顔《かお》だと、ほんとになんとも思《おも》ってなさそうだよね」

柊都《しゅうと》くんがこんな近《ちか》くにいるのに、胸《むね》の鼓動《こどう》は落《お》ち着《つ》いてる。

雪都《ゆきと》くんだと、こんな距離感《きょりかん》ぜったいもたないのに。

この差《さ》っていったい——。

すると、本《ほん》だなの近《ちか》くに人《ひと》の気配《けはい》が。

「……柊都《しゅうと》。何《なに》してんの」

えっ、なんで雪都《ゆきと》くんがここに……!?

「さあ、何《なに》してたと思《おも》う？」

なんて言《い》いながら、雪都《ゆきと》くんに見《み》せつけるように柊都《しゅうと》くんがわたしの肩《かた》を抱《だ》き寄《よ》せた。

「ってか、雪都《ゆきと》タイミング悪《わる》くなーい？　せっかく僕《ぼく》が妃那《ひな》ちゃんとふたりっきりだったのにさー」

雪都《ゆきと》くんが、するどい目《め》つきで柊都《しゅうと》くんをにらみつけてる……。

これは、あまりいい空気《くうき》とはいえないかも。

「……妃那《ひな》は俺《おれ》のなんだよ。お前《まえ》には触《ふ》れさせない」

少《すこ》し強《つよ》い力《ちから》で腕《うで》を引《ひ》かれて、あっという間《ま》に雪都《ゆきと》くんの腕《うで》の中《なか》へ。

ほら、やっぱり……雪都《ゆきと》くんだと、触《ふ》れられて近《ちか》づくだけで、ドキドキして冷静《れいせい》じゃいられなくなる。

それに、顔《かお》まで熱《あつ》くなって……雪都《ゆきと》くんだから意識《いしき》しちゃう。

きっとこれは、わたしが雪都《ゆきと》くんだけに特別《とくべつ》な感情《かんじょう》を抱《いだ》いているから……こんなふうになるんだ。

独占《どくせん》したい　～雪都《ゆきと》side～

放課後《ほうかご》、調《しら》べものがあって図書室《としょしつ》に行《い》くと、偶然《ぐうぜん》妃那《ひな》と柊都《しゅうと》がふたりでいた。

柊都《しゅうと》が妃那《ひな》の小《ちい》さな身体《からだ》をおおっているのを見《み》て、声《こえ》をかけずにはいられなかった。

柊都《しゅうと》は間違《まちが》いなく妃那《ひな》を気《き》に入《い》ってる。

だからこそ、俺《おれ》がいないところで妃那《ひな》と柊都《しゅうと》をふたりっきりにさせたくない。

妃那《ひな》だけは、誰《だれ》にもゆずらない。

はじめてだ、ここまで誰《だれ》かに感情《かんじょう》を動《うご》かされるのは。

「雪都《ゆきと》のそんな顔《かお》、はじめて見《み》たよ」

軽《かる》く笑《わら》いながら、俺《おれ》にそう言《い》い放《はな》つ柊都《しゅうと》。

妃那《ひな》は俺《おれ》の腕《うで》の中《なか》で下《した》を向《む》いたまま。

「……ふたりで何《なに》してた」

「雪都《ゆきと》にはカンケーないでしょ。僕《ぼく》と妃那《ひな》ちゃんの秘密《ひみつ》」

「…………」

「まあ、ふたりっきりなら何《なに》か起《お》きてもおかしくないよねー」

……挑発《ちょうはつ》するような口調《くちょう》。

比較的《ひかくてき》いつも冷静《れいせい》さだけは保《たも》っていたけど、妃那《ひな》のことになるとあまり冷静《れいせい》ではいられなくなる。

「……何《なに》が言《い》いたい」

「妃那《ひな》ちゃんは雪都《ゆきと》だけのものじゃないってこと」

柊都《しゅうと》も俺《おれ》と同《おな》じで、他人《たにん》にそこまで執着《しゅうちゃく》することはない。

そんな柊都《しゅうと》が妃那《ひな》を気《き》に入《い》ってるのは、やっかいだ。

妃那《ひな》を独占《どくせん》したい気持《きも》ちは、柊都《しゅうと》も同《おな》じってことだ。

「……うばえるもんなら、うばってみろよ」

死《し》んでも渡《わた》さないけど。

妃那《ひな》の手《て》を引《ひ》いて図書室《としょしつ》をあとにした。

さっきから妃那《ひな》がずっと下《した》を向《む》いてるのが気《き》になる。

「妃那《ひな》」

「な、なに？」

俺《おれ》が名前《なまえ》を呼《よ》んでも、妃那《ひな》の目線《めせん》は地面《じめん》に落《お》ちたまま。

どうして俺《おれ》のほうを見《み》てくれない……？

「……俺《おれ》のこと見《み》て」

「っ……！」

妃那《ひな》の頬《ほお》に軽《かる》く手《て》をそえて、クイッと上《うえ》にあげた。

うるんだ大《おお》きな瞳《ひとみ》に、ほんのり赤《あか》い頬《ほお》……妃那《ひな》のこんな顔《かお》、俺以外《おれいがい》が見《み》ていいわけがない。

「なんでこんな顔真《かおま》っ赤《か》なの？」

「うっ、や……見《み》ないで」

顔《かお》を隠《かく》そうとするから、その手《て》をパシッとつかむ。

細《ほそ》くて、少《すこ》し力《ちから》を入《い》れたらこわれてしまいそうなくらい。

「柊都《しゅうと》と一緒《いっしょ》にいたから……そんな顔赤《かおあか》くなってんの？」

胸《むね》の内側《うちがわ》で、ふつふつと何《なに》かがわきあがるような感覚《かんかく》。

今《いま》の俺《おれ》の感情《かんじょう》を表《あらわ》すなら〝嫉妬《しっと》〟これがいちばん適《てき》してる。

「こ、これは……っ」

あぁ、ムカつく。妃那《ひな》にこんな顔《かお》させてるのが柊都《しゅうと》だって思《おも》うと、ますます嫉妬《しっと》がおさえられなくなる。

「……柊都《しゅうと》にもそんなかわいい顔見《かおみ》せてんの？」

「ち、ちが……う。これ、雪都《ゆきと》くんの……せい」

「俺《おれ》のせい……？」

何《なに》それ、どういうこと？

「ゆ、雪都《ゆきと》くんがそばにいると、心臓《しんぞう》おかしくなって顔熱《かおあつ》くなっちゃうの……っ」

「…………」

……まて、何《なに》これ……。かわいすぎていま俺《おれ》の心臓止《しんぞうと》まりかけた。

じっと俺《おれ》を上目《うわめ》づかいで見《み》るのも、無自覚《むじかく》にやってくるあたり……。

「こ、これ以上《いじょう》わたしのことドキドキさせないで」

はぁ……もう俺《おれ》どうしたらいい？

かわいすぎて俺《おれ》だけのものにしたくなる……。

「……もうさ、妃那《ひな》は俺《おれ》のことどうしたいの」

「っ……？」

「こんなかわいーの、ほんとずるいよ」

俺《おれ》ばっか妃那《ひな》に夢中《むちゅう》になって、どんどんはまっていく。

妃那《ひな》とはじめて出会《であ》ったあの雪《ゆき》の日《ひ》――俺《おれ》は最初《さいしょ》から、妃那《ひな》に惹《ひ》かれていたのかもしれない。

あの日《ひ》――妃那《ひな》の声《こえ》に反応《はんのう》して、うっすら目《め》を開《あ》けたとき……俺《おれ》を本気《ほんき》で心配《しんぱい》してる妃《ひ》那《な》の顔《かお》が映《うつ》った。

俺《おれ》が目《め》を覚《さ》ましたのがわかると、ホッとした反応《はんのう》を見《み》せて……他人《たにん》、ましてや初対面《しょたいめん》の相手《あいて》をここまで必死《ひっし》になって心配《しんぱい》する妃那《ひな》の姿《すがた》が新鮮《しんせん》だった。

見《み》て見《み》ぬふりをすることだって、できたはずなのに。

誰《だれ》かのために、ここまで行動《こうどう》できる妃那《ひな》は素敵《すてき》だなって率直《そっちょく》に思《おも》った。

最初《さいしょ》は少《すこ》しの興味《きょうみ》だったのが、妃那《ひな》を知《し》れば知《し》るほど魅力《みりょく》に惹《ひ》かれていく。

早《はや》く妃那《ひな》が俺《おれ》だけを見《み》てくれたらいいのに――。

「雪都《ゆきと》さん、おはようっす！」

「……瑛樹《えいき》、おはよ」

朝《あさ》、クラスに顔《かお》を出《だ》すと瑛樹《えいき》が真《ま》っ先《さき》に声《こえ》をかけてくる。

中学《ちゅうがく》に入《はい》ったころ、瑛樹《えいき》がガラの悪《わる》い連中《れんちゅう》にからまれてるところを俺《おれ》が助《たす》けたのをきっかけに、今《いま》の関係《かんけい》になった。

俺《おれ》を信頼《しんらい》して慕《した》ってくれてる瑛樹《えいき》だからこそ、俺《おれ》も信頼《しんらい》してるし、仲間《なかま》として守《まも》っていきたいと思《おも》ってる。

「雪都《ゆきと》さんが当《あ》たり前《まえ》のようにクラスに顔出《かおだ》してくれるのがうれしいっす！」

「……妃那《ひな》は？」

妃那《ひな》の顔《かお》を見《み》ないと、なんも始《はじ》まらない。

いつもなら俺《おれ》がクラスに着《つ》くころには妃那《ひな》は自分《じぶん》の席《せき》にいるけど、今日《きょう》は姿《すがた》が見当《みあ》たらない。

「妃那《ひな》さんなら、さっき職員室《しょくいんしつ》に行《い》きましたよ」

「……そ。んじゃ、妃那《ひな》が来《く》るまで寝《ね》る」

昨日《きのう》寝不足《ねぶそく》だったせいか、朝《あさ》から眠気《ねむけ》が強《つよ》い。

そもそも、最近《さいきん》あんま寝《ね》てないのもある。

放課後《ほうかご》から時間《じかん》が許《ゆる》される限《かぎ》り、京利《きょうり》の動《うご》きが気《き》になり調《しら》べていた。

妃那《ひな》に近《ちか》づいたのも、おそらく最終的《さいしゅうてき》なねらいは俺《おれ》だ。

京利《きょうり》は俺《おれ》たちブルームのスキを、いつだってねらっている。

もし、本格的《ほんかくてき》に動《うご》き出《だ》すようなことがあれば、手段《しゅだん》は選《えら》ばない、きたないやり方《かた》をするやつだから。

これ以上《いじょう》、京利《きょうり》と妃那《ひな》を接近《せっきん》させるわけにはいかない。

そんな状態《じょうたい》が続《つづ》いてるせいか、ここ数日《すうじつ》体調《たいちょう》があまりすぐれない。

けど、妃那《ひな》を守《まも》るためなら多少《たしょう》の無茶《むちゃ》も——。

「……きと、くん……」

「…………」

「雪都《ゆきと》くん?」

妃那《ひな》の声《こえ》でわれに返《かえ》った。

「えっと、おはよう。何《なに》か考《かんが》え事《ごと》してたのに話《はな》しかけちゃってごめんね」

「……おはよ。いま妃那《ひな》のこと考《かんが》えてた」

「えっ、わたし⁉」

「ん、そう。妃那《ひな》がいないと俺《おれ》ここに来《く》る意味《いみ》ないし」

「勉強《べんきょう》するために来《こ》なきゃだよ」

「妃那《ひな》の顔《かお》見《み》るために来《き》てんのに」

「そ、そうじゃなくて！　……って、あれ雪都《ゆきと》くんなんかいつもより――」

妃那《ひな》が何《なに》か言《い》いかけたところで、タイミング悪《わる》くチャイムが鳴《な》った。

ホームルームが始《はじ》まり、そのまま午前《ごぜん》の授業《じゅぎょう》はすべて参加《さんか》した。

時間《じかん》が進《すす》むにつれて、身体《からだ》にだるさが出《で》はじめてきた。

昼休《ひるやす》みに入《はい》り、体調《たいちょう》はさらに悪化《あっか》。

机《つくえ》にふせて寝《ね》ようにも、周《まわ》りがうるさすぎてとても落《お》ち着《つ》けそうにない。

はぁ……これくらいで体調《たいちょう》くずすとか情《なさ》けな……。

「雪都《ゆきと》くん。いま時間《じかん》あるかな？」

めずらしく妃那《ひな》から声《こえ》をかけてきた。いつも昼休《ひるやす》みはだいたい俺《おれ》がさそうから。

「ちょっと教室《きょうしつ》から出《で》たくて……いいかな？」

「ん、いいよ」

妃那《ひな》からのおねがいなら断《ことわ》るわけがない。

重《おも》たい身体《からだ》に力《ちから》を入《い》れて、屋上《おくじょう》につながる階段《かいだん》のところへ来《き》た。

今《いま》は屋上《おくじょう》が閉鎖《へいさ》されているから、この階段《かいだん》を使用《しよう》する生徒《せいと》はいない。

なんでこんなところに来《き》たんだ？

「雪都《ゆきと》くん、ここ座《すわ》って」

言《い》われた通《とお》りにすると、妃那《ひな》も俺《おれ》の隣《となり》に座《すわ》った。

すると、妃那《ひな》が手《て》に持《も》っている袋《ふくろ》を何《なに》やらあさりはじめた。

「さっき急《いそ》いで購買《こうばい》でこれ買《か》ってきたんだけど、食《た》べられそうかな？」

サンドイッチ、ヨーグルト、ペットボトルの水《みず》。

「雪都《ゆきと》くん今朝《けさ》から体調《たいちょう》悪《わる》かったよね？　いつもより顔色《かおいろ》が悪《わる》いし、ずっと無理《むり》して授《じゅ》業《ぎょう》に参加《さんか》してたんじゃないかなって心配《しんぱい》で」

もしかして、これぜんぶ俺《おれ》のために……？

しかも、朝少《あさすこ》し話《はな》したくらいで俺《おれ》の体調《たいちょう》のことまで気《き》づいていたなんて……柊都《しゅうと》も瑛《えい》樹《き》も誰《だれ》も気《き》づかなかったのに。

妃那《ひな》は俺《おれ》のほんのささいな変化《へんか》にも気《き》づいてくれるんだ。

「きっと、雪都《ゆきと》くんは周《まわ》りに心配《しんぱい》かけないように、誰《だれ》にも言《い》わずにひとりで我慢《がまん》しちゃう気《き》がして」

昔《むかし》から、自分《じぶん》の体調《たいちょう》の変化《へんか》にはうとかった。

オーバー気味《ぎみ》になってても自分《じぶん》の中《なか》でコントロールがかけられなくて、気《き》づいたらたおれてるなんてこと、しょっちゅうだった。

今回《こんかい》はさすがに身体《からだ》にしんどさが出《で》たから気《き》づいたけど。

「教室《きょうしつ》だと騒《さわ》がしくて休《やす》まらないけど、ここなら誰《だれ》の目《め》も気《き》にせずゆっくりできるかなって。少《すこ》しでも雪都《ゆきと》くんが楽《らく》になったらいいな」

妃那《ひな》の優《やさ》しさや気《き》づかいが、素直《すなお》にうれしい。

「……ほんと俺《おれ》のことよく見《み》てるね。ありがと、こうしてると落《お》ち着《つ》く」

隣《となり》にいる妃那《ひな》の肩《かた》を少《すこ》し借《か》りた。

一緒《いっしょ》にいて落《お》ち着《つ》く感覚《かんかく》って、こういうのなんだろうな。

「わたしも、雪都《ゆきと》くんに守《まも》ってもらうばかりじゃなくて役《やく》に立《た》ちたい……から。こういう

ときは、わたしのことも頼《たよ》ってね……？」

「……ん、ありがと」

妃那《ひな》のそばで安心《あんしん》したのか、少《すこ》し眠気《ねむけ》が強《つよ》くなってきた。

スッと目《め》を閉《と》じて眠《ねむ》りに落《お》ちそうになる寸前《すんぜん》――。

妃那《ひな》の手《て》が俺《おれ》の頭《あたま》にポンッと軽《かる》く触《ふ》れた。

「わわっ、起《お》こしちゃった？」

「……まだ寝《ね》てない」

妃那《ひな》が俺《おれ》に自然《しぜん》と触《ふ》れてきたことがうれしすぎて、むしろ目《め》が覚《さ》めた。

行動《こうどう》がいちいちかわいすぎてほんと困《こま》る。

「……妃那《ひな》」

「っ、な……なに？」

かなり至近距離《しきんきょり》で妃那《ひな》をじっと見《み》つめる。

今《いま》この瞬間《しゅんかん》……この空間《くうかん》には俺《おれ》と妃那《ひな》しかいない。

そう思《おも》うと、もっと妃那《ひな》を独占《どくせん》したい気持《きも》ちが強《つよ》くなる。

「妃那《ひな》のいろんな表情《ひょうじょう》が見《み》たい」

「うっ……」

「ってか、もっと俺《おれ》でいっぱいにしたい」

「もう、雪都《ゆきと》くんのことでいっぱい……なのに。もっといっぱいになったら、心臓《しんぞう》いっこじゃ足《た》りない……っ」

あーあ、無理《むり》。ほんとかわいすぎて、俺《おれ》の心臓《しんぞう》がもたない。

「そーやってすぐかわいーこと言《い》う」

「か、かわいいって言《い》わないで……。雪都《ゆきと》くんに言《い》われると、胸《むね》がギュッてなる、から」

「はぁ……それ逆効果《ぎゃくこうか》だって」

俺《おれ》の心《こころ》をどれだけかき乱《みだ》したら気《き》がすむんだろう？

「……もっと俺《おれ》だけに独占《どくせん》させてよ」

妃那《ひな》の特別《とくべつ》は、俺《おれ》だけでいい……他《ほか》の男《おとこ》になんか渡《わた》さない。

最悪《さいあく》の偶然《ぐうぜん》

夏休《なつやす》みに突入《とつにゅう》して、今日《きょう》はお母《かあ》さんと最近《さいきん》リニューアルしたばかりの大型《おおがた》ショッピングモールにやって来《き》た。

「わー、すごい！　ガラッと雰囲気《ふんいき》が変《か》わったね！」

「ほんとね。前《まえ》に来《き》たときよりお店《みせ》の数《かず》が増《ふ》えてるのね」

フロアガイドを見《み》ながら、今日《きょう》のお昼《ひる》をどこで食《た》べようか相談中《そうだんちゅう》。

洋食《ようしょく》も和食《わしょく》も中華《ちゅうか》も、どれも店舗数《てんぽすう》が多《おお》くて迷《まよ》っちゃう。

リニューアルしたばかりだから、どこの店舗《てんぽ》もすごく人《ひと》が並《なら》んでる。

結局《けっきょく》、一時間《いちじかん》くらい待《ま》っておそばを食《た》べた。

そのあと、スイーツのお店《みせ》を回《まわ》ったり、雑貨屋《ざっかや》さんを見《み》たり。

「ここにいたら一日《いちにち》あっという間《ま》だね！」

「一日《いちにち》で回《まわ》りきるのも難《むずか》しいくらいの広《ひろ》さだものね」

少《すこ》し歩《ある》き疲《つか》れたので、どこかで休憩《きゅうけい》することに。

カフェか、フードコートを探《さが》すことになったとき、事件《じけん》は起《お》きた。

「あ、妃那《ひな》ちゃんだ。久《ひさ》しぶりー、俺《おれ》のこと覚《おぼ》えてる？」

こ、この声《こえ》どこかで聞《き》き覚《おぼ》えがあるような……。

「京利《きょうり》くん……！」

な、なんて偶然《ぐうぜん》。

というか、こんな広《ひろ》くて人多《ひとおお》いのに、こんなばったり会《あ》うことある⁉

はっ、そうだ。雪都《ゆきと》くんと柊都《しゅうと》くんから、京利《きょうり》くんには近《ちか》づかないように、気《き》をつけるようにって言《い》われてたんだ。

危険《きけん》レーダーがピピッと働《はたら》いて、さりげなく京利《きょうり》くんから距離《きょり》を取《と》った。

「そんなあからさまにさけるのひどくなーい？」

「京利《きょうり》くん何考《なにかんが》えてるかわかんないし」

「けどさ、こうして会《あ》えたの奇跡《きせき》じゃない？　俺《おれ》ちょうど妃那《ひな》ちゃんに会《あ》いたいなーって思《おも》ってたんだよね」

ニコッと笑《わら》ってるけど、ほんとにそう思《おも》ってるのかわかんない。

わたしが知《し》ってるのは、京利《きょうり》くんの表《おもて》の顔《かお》……雪都《ゆきと》くんや柊都《しゅうと》くんが知《し》ってるのは、きっと京利《きょうり》くんの裏《うら》の顔《かお》……。

どれがほんとなのかわからないのが、京利《きょうり》くんのいちばん怖《こわ》いところだ。

「ちょ、ちょっと妃那《ひな》！　このかっこいい子《こ》は誰《だれ》なの!?　お母《かあ》さんにも紹介《しょうかい》してちょうだいよ！」

あぁ、しまった。今《いま》お母《かあ》さんも一緒《いっしょ》だったこと忘《わす》れてた。

お母《かあ》さんは京利《きょうり》くんにすごく興味《きょうみ》あるって感《かん》じ。

とりあえず、他校《たこう》の友《とも》だちってことにしておけば――。

「妃那《ひな》ちゃんのお母《かあ》さんですか？　はじめまして。僕《ぼく》、妃那《ひな》ちゃんの彼氏《かれし》の朱凰京利《すおうきょうり》っていいます」

っ……!?　い、いま京利《きょうり》くんなんて!?　しかも、なんかキャラ違《ちが》くない!?

「まあっ！　妃那《ひな》にこんなイケメンな彼氏《かれし》がいたなんて！」

「ちょ、ちょっとまって、お母《かあ》さ――」

「今日《きょう》は妃那《ひな》ちゃんとショッピングですか？」

「そうなの〜！　まさかこんな偶然《ぐうぜん》、妃那《ひな》のイケメン彼氏《かれし》に会《あ》えちゃうなんてっ！　妃那《ひな》も相談《そうだん》してくれたらよかったのに！」

お、お母《かあ》さん完全《かんぜん》に誤解《ごかい》してる！

「そんなにほめてもらえてうれしいです。僕《ぼく》もかわいい妃那《ひな》ちゃんにつり合《あ》う素敵《すてき》な彼氏《かれし》になれたらいいなって思《おも》ってるので」

今《いま》の京利《きょうり》くん、なんか顔《かお》の周《まわ》りにキラキラフィルターかかってるよ。

お母《かあ》さんはもう間違《まちが》いなく京利《きょうり》くんを気《き》に入《い》ってる。目《め》がかがやいてるもん。

「妃那《ひな》！　こんな素敵《すてき》な彼氏《かれし》そんなにいないわよ！」

「いや、だから彼氏《かれし》じゃ――」

「京利《きょうり》くん、これからも妃那《ひな》のことよろしくお願《ねが》いしますね！」

あぁ、もう口《くち》を出《だ》すスキもなくて、誤解《ごかい》が全然《ぜんぜん》解《と》けない！

「そうだ、このあとせっかくだからふたりでデートしてきたら？」

「え、いいんですか？」

「せっかく会《あ》えたんだもの。ねっ、妃那《ひな》？」

「え、あっ、いや……」

「妃那《ひな》ちゃん恥《は》ずかしがり屋《や》なんですよね。僕《ぼく》とふたりでいるときも、照《て》れてばかりで」

「そうよねー。妃那《ひな》は少《すこ》し素直《すなお》じゃないところあるから。それじゃあ、あとは京利《きょうり》くんとふたりで楽《たの》しむのよ！　お母《かあ》さんは先《さき》に帰《かえ》ってるから〜」

ああ、お母《かあ》さん行《い》っちゃった。……って、それよりも！

「なんで彼氏《かれし》なんて嘘《うそ》ついたの！」

「あれ、俺妃那《おれひな》ちゃんの彼氏《かれし》じゃなかった？」

とぼけてる様子《ようす》から全然反省《ぜんぜんはんせい》してなさそう。

「お母《かあ》さんに誤解《ごかい》されたままだよ」

「いいじゃん。これから俺《おれ》が妃那《ひな》ちゃんの彼氏《かれし》になる可能性《かのうせい》だってあるわけだし？」

「よ、よくない！　ってか、京利《きょうり》くんキャラ違《ちが》いすぎ！」

「あれが俺《おれ》のほんとの顔《かお》なのに、うたがうんだ？　えー、ひどいなぁ」

「京利《きょうり》くんのほんとの顔《かお》、知《し》ってる人《ひと》いるの？」

「…………」

聞《き》いちゃいけないことだったかな。京利《きょうり》くんの表情《ひょうじょう》が、一瞬《いっしゅん》くもったから。

「……ははっ、痛《いた》いところついてくるねー。さすが雪都《ゆきと》くんが気《き》に入《い》ってるだけのことあるね」

「雪都《ゆきと》くんが、わたしを気《き》に入《い》ってるかなんてわかんないよ」

「えー、あんなわかりやすく態度《たいど》に出《で》てるのにー？　それに気《き》づいてないとかウケるんだけど」

……って、すっかり話《はな》し込《こ》んじゃったけど。

本音《ほんね》を言《い》うなら、一刻《いっこく》も早《はや》くここから逃《に》げたい。

とっさに思《おも》いついた作戦《さくせん》は、たったひとつ。

「あっ、あんなところに雪都《ゆきと》くんが……！」

「えー、どこどこ？」

嘘《うそ》ついてごめんなさい……！

京利《きょうり》くんが後《うし》ろを向《む》いた瞬間《しゅんかん》、ダッシュでその場《ば》を離《はな》れた。

後《うし》ろを振《ふ》り返《かえ》る余裕《よゆう》もなくひたすら走《はし》って、いちばん近《ちか》くにあった出入《でい》り口《ぐち》からなんとか外《そと》に出《で》た。

ちょうど近《ちか》くに公園《こうえん》があるから、そこで少《すこ》し休《やす》んでから家《いえ》に帰《かえ》ろう。

「ふぅ……なんとか逃《に》げ切《き》れてよかったぁ」

「誰《だれ》から逃《に》げてたんだっけ？」

「それはもちろん京利《きょうり》くん――って、えっ!?」

「妃那《ひな》ちゃんって意外《いがい》と逃《に》げ足速《あしはや》いんだね」

「な、なんで京利《きょうり》くんが⁉」

後《うし》ろからついてきてる感《かん》じなかったのに！　まさか瞬間移動《しゅんかんいどう》してきた⁉

「妃那《ひな》ちゃんさー、俺《おれ》のこと誰《だれ》だと思《おも》ってるの？」

「うっ……。でも、出入《でい》り口《ぐち》はたくさんあるし、わたしがどこから出《で》るかなんて、予想《よそう》できないんじゃ」

「俺《おれ》から逃《に》げるのに必死《ひっし》な妃那《ひな》ちゃんなら、あの場所《ばしょ》からいちばん近《ちか》い出入《でい》り口《ぐち》から出《で》るのは簡単《かんたん》に予想《よそう》つくでしょ？　しかも、ちょうど休憩《きゅうけい》できそうな公園《こうえん》があれば、俺《おれ》から逃《に》げられてホッとした妃那《ひな》ちゃんが、ここで休《やす》むのも想像《そうぞう》できるよね」

な、なんてするどい洞察力《どうさつりょく》……。

雪都《ゆきと》くんと柊都《しゅうと》くんが警戒《けいかい》するのもわかる気《き》がする。

あんな一瞬《いっしゅん》でわたしの行動《こうどう》をすべて読《よ》んで先回《さきまわ》りするって……やっぱり京利《きょうり》くんはあなどっちゃいけない。

「少《すこ》し頭《あたま》をひねれば楽勝《らくしょう》だよ。それにあんなわかりやすい嘘《うそ》に俺《おれ》がだまされると思《おも》う？」

た、たしかにじゃっかん棒読《ぼうよ》み感《かん》が強《つよ》かった気《き》がしなくもない。

「俺《おれ》をあざむくなら、もっとうまくやらないと」

……って、またしても京利《きょうり》くんとふたりになっちゃってるし。

まんまと京利《きょうり》くんのペースに乗《の》せられてる気《き》がする。

「わ、わたしもう帰《かえ》るから！」

「えー、なんで？　もう少《すこ》し俺《おれ》と話《はな》そうよ。せっかくのデートなんだし」

「勝手《かって》にデートにしないで！」

「そんな警戒《けいかい》しなくても、いきなりおそったりしないからさ」

「京利《きょうり》くんは信用《しんよう》できないよ」

「雪都《ゆきと》くんにしっかり教育《きょういく》されてんねー。俺《おれ》には近《ちか》づくなってクギさされてるんでしょ」

「…………」

「雪都《ゆきと》くんが大事《だいじ》にしてる妃那《ひな》ちゃんをうばったら、どうなるかなぁ」

冗談《じょうだん》とは思《おも》えない口調《くちょう》。

京利《きょうり》くんは、雪都《ゆきと》くんがからむとあまり穏《おだ》やかじゃなくなる。

やっぱりこのままふたりでいるのはあぶない。

わたしが何《なに》も言《い》わずにスタスタ歩《ある》きはじめると、京利《きょうり》くんは当然《とうぜん》ついてくるわけで。

「まってまって、逃《に》げないでよ」

「京利《きょうり》くんが変《へん》なこと言《い》うから」

ある程度《ていど》のところまで来《く》ると、京利《きょうり》くんがわたしの腕《うで》を少《すこ》し強引《ごういん》につかんで動《うご》きを止《と》めてきた。

「は、離《はな》して。わたし帰《かえ》るから」

京利《きょうり》くんのペースに流《なが》されるのはダメだと思《おも》った。

「妃那《ひな》ちゃんに冷《つめ》たくされると悲《かな》しいなぁ」

言葉《ことば》と表情《ひょうじょう》が合《あ》ってないってまさにこのこと。

そんなにこにこの笑顔《えがお》で言《い》われても説得力《せっとくりょく》ないよ。

「も、もうほんとにやめて――って、わわっ!! 何《なに》これ!?」

地面《じめん》から空《そら》に向《む》かって、水《みず》がブシャッとふきあがった。

複数《ふくすう》の場所《ばしょ》から水《みず》があがっていて、全然《ぜんぜん》止《と》まる気配《けはい》がないんだけど……!

どうやらここは、決《き》まった時間《じかん》になると噴水《ふんすい》のように地面《じめん》から水《みず》が出《で》てくるスポットらしい。

おかげでわたしも京利《きょうり》くんも、びしょぬれ。

「ははっ、何《なに》これ。いきなり水《みず》かぶっちゃったね」

ぬれた髪《かみ》をかきあげて。

光《ひかり》の加減《かげん》のせいかブルーアイがいつもよりさらにかがやいてた。

……って、そんなことより！

「京利《きょうり》くん、これ使《つか》って！　風邪《かぜ》ひいちゃうから」

バッグに入《はい》ってる少《すこ》し大《おお》きめのハンカチを京利《きょうり》くんに渡《わた》した。

すると、なぜかすごくおどろいた顔《かお》をされた。

「いや、妃那《ひな》ちゃんのほうが派手《はで》にぬれてるよ？」

「わたしのことはいいから！　それよりも京利《きょうり》くんのほうが心配《しんぱい》だよ」

ハンカチを京利《きょうり》くんの頬《ほお》にあてると、さっきよりもびっくりした表情《ひょうじょう》をしてる。

「妃那《ひな》ちゃんって、よくわかんない子《こ》だなぁ。俺《おれ》のこと警戒《けいかい》してるのに、なんでのんきに俺《おれ》の心配《しんぱい》してんの。自分《じぶん》のことは後回《あとまわ》しにしてさー」

「警戒《けいかい》はしてるけど、今《いま》はそんなの関係《かんけい》ないよ」

「さっきまで逃《に》げようとしてたくせに。ってか、今《いま》が逃《に》げるチャンスじゃない？」

「はっ、たしかに！」

「なんで俺《おれ》がアドバイスしなきゃいけないんだろーね？」

「うっ、でも今《いま》ここで逃《に》げるのは違《ちが》う気《き》がするし」

このまま京利《きょうり》くんを放《ほう》っておくのは、なんだか気《き》が引《ひ》ける。

こんなことになってるのは、じゃっかんわたしのせいでもあるような気《き》もするし。

「妃那《ひな》ちゃんはお人好《ひとよ》しだね」

すると、どこかへ電話《でんわ》しはじめた京利《きょうり》くん。

そして、数分《すうふん》もしないうちに公園《こうえん》のそばに見覚《みおぼ》えのある一台《いちだい》の黒《くろ》の車《くるま》が。

「迎《むか》えの車呼《くるまよ》んだけど、警戒心強《けいかいしんつよ》めな妃那《ひな》ちゃんは乗《の》ってくれないよね？」

「ひとりで帰《かえ》れるから大丈夫《だいじょうぶ》」

「けどさー、そんな状態《じょうたい》の妃那《ひな》ちゃんをひとりで帰《かえ》すわけにはいかないし」

「ほんとに大丈夫《だいじょうぶ》！　じゃあ、わたしはこれで――」

「今日俺《きょうおれ》とデートしたこと、雪都《ゆきと》くんにバラしちゃおっかなー」

「そ、それおどしじゃん！　ってか、デートはしてないよ⁉」

京利《きょうり》くんが悪《わる》い顔《かお》してる……！　これは、ぜったいゆずる気《き》ないやつだ。

「車《くるま》が嫌《いや》なら歩《ある》いて途中《とちゅう》まで送《おく》るから。はい、これ決定《けってい》ねー」

京利《きょうり》くんって、ほんとによくわからない人《ひと》だ。

ブルームと敵対《てきたい》するチームの総長《そうちょう》なんだから、注意《ちゅうい》しなきゃいけないのに。

そんなに悪《わる》い人《ひと》には見《み》えないっていうか……。

ほんとに悪《わる》い人《ひと》なら、わたしの心配《しんぱい》なんかせずに、ほったらかして帰《かえ》るだろうし。

それとも、わたしを油断《ゆだん》させて、スキを見《み》て何《なに》か仕掛《しか》けてこようとしてるとか？

さすがに考《かんが》えすぎかな。

「あの、京利《きょうり》くん。もうここで大丈夫《だいじょうぶ》だから」

「彼女《かのじょ》をきちんと送《おく》り届《とど》けるのが彼氏《かれし》の役目《やくめ》じゃない？」

「だから、勝手《かって》に彼氏《かれし》を名乗《なの》らないで！」

こういう一面《いちめん》もあるから、ほんとに京利《きょうり》くんはつかめない人《ひと》だ。

「心配《しんぱい》しなくても、さすがに今《いま》さらったりはしないから」

これがほんとかどうかなんてわからない。

だから、簡単《かんたん》に信《しん》じちゃいけないのもわかってるんだけど。

「京利《きょうり》くんって、怖《こわ》いのか優《やさ》しいのかよくわかんないよ」

「優《やさ》しい一択《いったく》でしょ？」

自分《じぶん》で言《い》っちゃうところが、さすが京利《きょうり》くんって感《かん》じだ。

でも、さすがにこれ以上《いじょう》ふたりでいるわけにもいかないから。

「ここまで送《おく》ってくれてありがとう！　これ以上《いじょう》ついてきたらストーカーだからね⁉」

「ははっ、ストーカーって扱《あつか》いひどー」

笑《わら》ってる京利《きょうり》くんに背《せ》を向《む》けて歩《ある》き出《だ》すと、さすがに今回《こんかい》はあとを追《お》ってはこず、京《きょう》利《り》くんはその場《ば》に立《た》ち尽《つ》くしてるだけだった。

「やっぱ雪都《ゆきと》くんのものにしておくの……もったいないな」

わたしの背中《せなか》を見《み》つめながら、そんなことをつぶやいていたなんて気《き》づかず。


夏休《なつやす》み明《あ》けの九月《くがつ》。

今日《きょう》の午後《ごご》の授業《じゅぎょう》は、グループで調理実習《ちょうりじっしゅう》。

実習《じっしゅう》ではカップケーキを作《つく》ることになってる。

わたしは雪都《ゆきと》くんと有垣《うがき》くんと同《おな》じグループなんだけど。

「有垣《うがき》くんって器用《きよう》なんだね」

「妃那《ひな》さんは意外《いがい》と不器用《ぶきよう》っすね」

実習《じっしゅう》がスタートして早々《そうそう》、粉《こな》をふるいにかけたら力加減《ちからかげん》わからなさすぎて、テーブルが粉《こな》まみれになったので有垣《うがき》くんと交代《こうたい》。お菓子作《かしづく》りって甘《あま》くない……。

「普段《ふだん》お菓子《かし》とかあんまり作《つく》らないから、こういうの苦手《にがて》で」

「妃那《ひな》さんにも苦手《にがて》なことあるんすね。なんでも完璧《かんぺき》にこなすタイプだと思《おも》ってました」

「いやいや、そんなことないよ」

それにしても、有垣《うがき》くんの手際《てぎわ》がよすぎる件《けん》について。

作《つく》り方《かた》を少《すこ》し見《み》たくらいで、どんどん進《すす》めてる。

ちなみに同《おな》じグループのはずの雪都《ゆきと》くんは、食《た》べる専門《せんもん》らしいので「授業《じゅぎょう》はパス」ってどこか行《い》っちゃった。

相変《あいか》わらず気《き》まぐれだなぁ。

有垣《うがき》くんのおかげでスムーズに進《すす》んで、どこのグループよりも早《はや》く生地《きじ》をオーブンに入《い》れることができた。あとは焼《や》きあがるのを待《ま》つだけ。

「有垣《うがき》くんがいてくれたおかげで助《たす》かったよ！」

「妃那《ひな》さんも手伝《てつだ》ってくれたおかげっすよ」

わたしなんて、生地《きじ》をカップに流《なが》し込《こ》んだくらいだし。

「有垣《うがき》くんって、お菓子作《かしづく》りなれてる感《かん》じだよね」

「俺《おれ》、三《みっ》つ下《した》の妹《いもうと》がいて、よくこういうのに付《つ》き合《あ》わされるんすよ。で、気《き》づいたらいろいろ覚《おぼ》えた感《かん》じっす」

「なるほど。優《やさ》しいお兄《にい》ちゃんなんだね！」

一緒《いっしょ》にお菓子作《かしづく》りするなんて、仲《なか》がよさそうでうらやましいなぁ。

わたしはひとりっこだから、そういうのいいなって思《おも》う。

雪都《ゆきと》くんと柊都《しゅうと》くんも、なんだかんだふたりとも仲《なか》よしだし。

「ねーね、これ作《つく》ったら誰《だれ》に渡《わた》す⁉」

「わたしはもちろん雪都《ゆきと》くんかなぁ！　でも、柊都《しゅうと》くんもいいし迷《まよ》っちゃう！」

「わかる〜！　わたしは柊都《しゅうと》くん派《は》かな！　雪都《ゆきと》くんはそういうの興味《きょうみ》ないから受《う》け取《と》ってくれないってウワサで聞《き》いたことあるし〜」

「え〜、そうなんだ。たしかに、柊都《しゅうと》くんのほうが受《う》け取《と》ってくれそうだよね〜」

隣《となり》のグループの女《おんな》の子《こ》たちから、そんな会話《かいわ》が聞《き》こえてきた。

どうやら、この作《つく》ったカップケーキを誰《だれ》に渡《わた》すかで盛《も》り上《あ》がってるみたい。

「でもさ、他《ほか》のクラスの子《こ》が柊都《しゅうと》くんに渡《わた》したら撃沈《げきちん》したっぽいよ？　雪都《ゆきと》くんには相《あい》手《て》にもされなかったらしいし」

なるほど。ふたりとも相変《あいか》わらず人気《にんき》だけど、そういうのは受《う》け取《と》らないんだ。

甘《あま》いのが好《す》きな雪都《ゆきと》くんは、ちょっと意外《いがい》かも。

「けど、自分《じぶん》のは受《う》け取《と》ってもらえるかもって期待《きたい》しちゃうから、結局渡《けっきょくわた》しちゃうんだよね！」

「それめちゃわかる〜」

ここのグループの子《こ》だけじゃなくて、他《ほか》のグループの女《おんな》の子《こ》たちもみんなほとんどこんな感《かん》じの会話《かいわ》をしてた。

雪都《ゆきと》くん派《は》か柊都《しゅうと》くん派《は》かっていうのは、女《おんな》の子《こ》たちの間《あいだ》で永遠《えいえん》に続《つづ》きそうな論争《ろんそう》だ。

これだけの女《おんな》の子《こ》たちがふたりに渡《わた》すなら、わたしはいいかな。

カップケーキはきれいに焼《や》きあがって、あら熱《ねつ》を取《と》ったら袋《ふくろ》に入《い》れて軽《かる》くラッピングをした。

「あの、有垣《うがき》くん。これよかったら妹《いもうと》さんとふたりで食《た》べて」

「え、いいんすか？　妃那《ひな》さんの分《ぶん》がなくなっちゃいますよ」

「わたしはいま焼《や》きたて食《た》べたし！　これ持《も》って帰《かえ》ったら有垣《うがき》くんと妹《いもうと》さんが一緒《いっしょ》に食《た》べれるでしょ？」

ひとりひとつしか持《も》って帰《かえ》れない決《き》まりになってるから。

「妃那《ひな》さん優《やさ》しいっすね……ほんとにいいんすか？」

「うんっ。全然気《ぜんぜんき》にしないで！」

それから二時間《にじかん》の調理実習《ちょうりじっしゅう》は終了《しゅうりょう》。

放課後《ほうかご》、帰《かえ》る準備《じゅんび》をしていたらメッセージの通知《つうち》が。

雪都《ゆきと》くんと柊都《しゅうと》くんだ。

ふたりともほぼ同時《どうじ》に送《おく》ってきてるけど、どうしたんだろう？

いつもの旧校舎《きゅうこうしゃ》の部屋《へや》にすぐ来《き》てほしいって。なのですぐ向《む》かうことに。

――ガラッ。

「ふたりとも、何《なに》かあった？」

わざわざここに呼《よ》び出《だ》すってことは、何《なに》かあったんじゃ。

ま、まさか夏休《なつやす》み中《ちゅう》に京利《きょうり》くんと偶然会《ぐうぜんあ》ったことがふたりにバレたとか？

京利《きょうり》くんがふたりに何《なに》か言《い》ったんじゃ……。

「妃那《ひな》ちゃん、僕《ぼく》に渡《わた》すものない？」

「違《ちが》う。柊都《しゅうと》じゃなくて俺《おれ》に渡《わた》すもの」

渡《わた》す……もの？　はて、そんなのあったっけ？

むむっと頭《あたま》をなやませるけど、まったく思《おも》いつかない。

「妃那《ひな》からもらえるの期待《きたい》してた」

「僕《ぼく》もだよ。他《ほか》の女《おんな》の子《こ》のぜんぶ断《ことわ》ったのにねー」

はっ、もしかして……！

「カップケーキのこと!?」

「……妃那《ひな》は俺《おれ》にくれないわけ？」

「いや、女《おんな》の子《こ》たちみんなふたりにあげるって聞《き》いて。わたしの分《ぶん》は別《べつ》にいらないかなと思《おも》って」

「妃那《ひな》のやつが欲《ほ》しいんだよ」

「ええ!?　わたしのやつも他《ほか》の子《こ》と同《おな》じだよ!?」

「妃那《ひな》からもらうのに意味《いみ》があるんだよ」

「そうだよね。妃那《ひな》ちゃんは特別《とくべつ》だから」

まさか、そんな期待《きたい》されてたなんて。

「えっと、そこまで気《き》が回《まわ》らなくてごめんね！　そうだっ、今度《こんど》の休《やす》みの日《ひ》に家《いえ》でもう一《いち》度《ど》作《つく》ってふたりに渡《わた》すよ！」

うん、これがいちばんの解決策《かいけつさく》だ！

こうすれば、この場《ば》もうまくおさまるはず――。

「俺《おれ》だけでいい。妃那《ひな》の特別《とくべつ》は俺《おれ》だけ」

「雪都《ゆきと》さー、そういうとこ性格悪《せいかくわる》いよねー。妃那《ひな》ちゃん、渡《わた》すの僕《ぼく》だけでいいよ」

「……お前《まえ》こそ性格《せいかく》ゆがみすぎ」

「先《さき》に仕掛《しか》けてきたのは雪都《ゆきと》でしょー？」

あ、あれ。なんでふたりともこんなバチバチしてるの!?

しかもこれがきっかけで、まさかのことにまきこまれちゃうなんて。

数日後《すうじつご》、わたしはまたしても女《おんな》の子《こ》グループに呼《よ》び出《だ》され校舎裏《こうしゃうら》へ。

今回《こんかい》はなんと、女《おんな》の子《こ》ひとりが泣《な》いてるし、その取《と》りまきがなぐさめてる……しかも、なぜかそこにわたしもいるという状況《じょうきょう》。

「ねぇ、桃園《ももぞの》さん。前《まえ》にわたしたち忠告《ちゅうこく》したよね？　雪都《ゆきと》くんと柊都《しゅうと》くんに近《ちか》づかないでって」

「なんでまだふたりにつきまとってるの？　いい加減《かげん》にしてよね！」

「先週《せんしゅう》の調理実習《ちょうりじっしゅう》で作《つく》ったカップケーキ渡《わた》したのに、ふたりとも受《う》け取《と》ってくれなかったの。特別《とくべつ》な子《こ》からしか受《う》け取《と》らないって……それ桃園《ももぞの》さんのことなんじゃない？」

まさか、カップケーキの件《けん》でこんなことにまきこまれちゃうとは……。

でも、ふたりが断《ことわ》ったからって、わたしを責《せ》めるのは違《ちが》うような……。

「この子《こ》はね、勇気《ゆうき》を出《だ》して雪都《ゆきと》くんに告白《こくはく》しようとしたのに、受《う》け取《と》らないって断《ことわ》られて悲《かな》しんでるの！　ぜんぶ桃園《ももぞの》さんのせいなんだから！」

ええ、なんか理不尽《りふじん》……。

「桃園《ももぞの》さんさえいなければ、よかったのに……っ！　あなたなんか、いなくなっちゃえばいいのに……！」

泣《な》きながらわたしに手《て》を振《ふ》りかざしたのが見《み》えた瞬間《しゅんかん》、とっさに身体《からだ》が動《うご》いて女《おんな》の子《こ》の手《て》をつかんだ。

「こんなことしたら、ぜったい後悔《こうかい》すると思《おも》う。感情《かんじょう》にまかせて人《ひと》に手《て》を出《だ》すのは、よくないよ……」

理由《りゆう》もなく人《ひと》を傷《きず》つけるのは、許《ゆる》されちゃいけないこと。

相手《あいて》も傷《きず》つくし、きっとあとで自分《じぶん》も後悔《こうかい》して傷《きず》つくことになるから。

「言葉《ことば》で相手《あいて》を傷《きず》つけることだってあるから。それに、一度口《いちどくち》から放《はな》った言葉《ことば》は、その瞬間《しゅんかん》からぜったい消《け》せないんだよ」

わたしの言葉《ことば》に、この場《ば》にいる全員《ぜんいん》が何《なに》も返《かえ》さず気《き》まずそうに目《め》を泳《およ》がせてる。

すると、校舎《こうしゃ》の陰《かげ》から誰《だれ》か出《で》てきた。

「……やっぱ俺《おれ》が妃那《ひな》に惹《ひ》かれるの必然《ひつぜん》だよね」

わたしを守《まも》るように前《まえ》に立《た》った——雪都《ゆきと》くん。

女《おんな》の子《こ》たちもこれにはさすがにおどろいたのか、全員顔《ぜんいんかお》を見合《みあ》わせてる。

「なぁ……お前《まえ》らさ、妃那《ひな》に何《なに》したか自覚《じかく》あんの？」

「べ、別《べつ》にわたしたちは何《なに》も……！　ただ、少《すこ》し忠告《ちゅうこく》しただけで」

「妃那《ひな》に余計《よけい》なこと言《こと》うんじゃねーよ」

「だ、だって雪都《ゆきと》くんが、桃園《ももぞの》さんばっかり特別扱《とくべつあつか》いするから……！」

「だったら俺《おれ》に直接《ちょくせつ》言《い》えよ。二度《にど》と妃那《ひな》をまきこむなよ」

冷《つめ》たく言《い》い放《はな》つと、雪都《ゆきと》くんはわたしの手《て》を引《ひ》いてその場《ば》を離《はな》れた。

ひとけがあまりないところへ来《く》ると、雪都《ゆきと》くんがピタッと足《あし》を止《と》めてゆっくりこちらを振《ふ》り返《かえ》った。

つながれた手《て》をグイッと引《ひ》かれて、雪都《ゆきと》くんの腕《うで》の中《なか》へ。

「ゆきと、くん……？」

「アイツらになんもされてない？」

「う、うん。でも、納得《なっとく》できなくて……ちょっと言《い》い返《かえ》しちゃった」

「妃那《ひな》らしくていいじゃん。妃那《ひな》のそういう強《つよ》いとこ、俺《おれ》は好《す》きだよ」

心臓《しんぞう》がわかりやすくドキッとはねた。

〝好《す》き〟なんて、そんな簡単《かんたん》に言《い》わないでほしい。

きっと、雪都《ゆきと》くんからしたら深《ふか》い意味《いみ》はないのに。

だけど、わたしはすごく意識《いしき》しちゃう。

守《まも》ってくれる強《つよ》さも、優《やさ》しさも、甘《あま》さも……ぜんぶわたしだけが知《し》ってる雪都《ゆきと》くんの一《いち》面《めん》……。

今《いま》はっきり自分《じぶん》の気持《きも》ちに気《き》づいた。

雪都《ゆきと》くんだから、特別《とくべつ》にドキドキして、意識《いしき》しちゃう。

それはきっと、わたしが雪都《ゆきと》くんを好《す》きになった……から。

「妃那《ひな》、ひとつ約束《やくそく》。何《なに》かあったらぜったい俺《おれ》を頼《たよ》って」

「なんで、そんな優《やさ》しくしてくれる……の？」

「……妃那《ひな》のこと気《き》になるから」

「っ……」

「妃那《ひな》は俺《おれ》が守《まも》るって約束《やくそく》する」

こんなの好《す》きにならないわけない。

胸《むね》のあたりがずっとざわざわして、好《す》きって気持《きも》ちがおさえられなくなる。

「ま、守《まも》るって……」

「俺《おれ》、前《まえ》に言《い》わなかった？　守《まも》れる約束《やくそく》しかしないって」

たしか、はじめて出会《であ》った雪《ゆき》の日《ひ》……そんなこと言《い》ってたような。

雪都《ゆきと》くんがここまで伝《つた》えてくれるなんて……期待《きたい》しちゃう。

「俺《おれ》の特別《とくべつ》は妃那《ひな》だけ」

加速《かそく》する胸《むね》の鼓動《こどう》をおさえる方法《ほうほう》なんか、わかるわけない。

ドキドキの球技大会《きゅうぎたいかい》

「ひーな」

「わわっ、雪都《ゆきと》く……ん、なに!?」

今日《きょう》は球技大会《きゅうぎたいかい》。

花城学園《はなしろがくえん》は学科《がっか》が多《おお》いので、日《ひ》にちを分《わ》けて行《おこな》われる。

今日《きょう》は特進科《とくしんか》、芸能科《げいのうか》、スポーツ科《か》の三《みっ》つの学科《がっか》が学年問《がくねんと》わずクラス対抗《たいこう》でいろんな種《しゅ》目《もく》にわかれて総合的《そうごうてき》なポイントで競《きそ》い合《あ》う。

「なんかさ、最近《さいきん》の妃那《ひな》よそよそしくない？」

「そ、そそそうかな!?」

な、なんでこんな不自然《ふしぜん》なのわたし……！

雪都《ゆきと》くんを好《す》きって気《き》づいたとたん、まったく普通《ふつう》に接《せっ》することができない！

「……俺《おれ》なんかした？」

開会式《かいかいしき》が始《はじ》まるまで、雪都《ゆきと》くんと空《あ》き教室《きょうしつ》でふたりっきり。

ふたりでいるとき、雪都《ゆきと》くんは容赦《ようしゃ》なく甘《あま》いからわたしの心臓《しんぞう》はもう大変《たいへん》。

好《す》きな人《ひと》がこんな近《ちか》くにいたら、平常心《へいじょうしん》とか無理《むり》だって……！

「妃那《ひな》の様子《ようす》おかしいの気《き》になる」

「ゆ、雪都《ゆきと》くんの……せい！」

グイグイ迫《せま》ってくる雪都《ゆきと》くんと少《すこ》し距離《きょり》を取《と》る。

「そーやって俺《おれ》から逃《に》げるんだ？」

「うっ、こうしないとわたしが大変《たいへん》なことになるの……っ！」

空《あ》き教室《きょうしつ》のとびらに手《て》をかけようとしたら、フッと後《うし》ろに雪都《ゆきと》くんの気配《けはい》が。

わたしの身体《からだ》をすっぽりおおっちゃうくらい。

近《ちか》すぎる距離《きょり》に、思《おも》わず固《かた》まってしまう。

雪都《ゆきと》くんは、どれだけわたしをドキドキさせたら気《き》がすむの……っ？

「ね、妃那《ひな》。いっこ俺《おれ》のおねがい聞《き》いてよ」

「おね、がい？」

すると、雪都《ゆきと》くんの手《て》がそっとわたしの髪《かみ》に触《ふ》れた。

「妃那《ひな》が髪結《かみむす》んでるの見《み》たい」

「……へ？」

まさかのリクエスト。しかも、なんとツインテールをご所望《しょもう》のようで。

雪都《ゆきと》くんからのおねがいなら、そんなの断《ことわ》れない。

「え、えっと、似合《にあ》ってない……かもだけど」

ツインテールなんて、すごく久《ひさ》しぶりにした。でも、今日《きょう》一日《いちにち》ずっと暑《あつ》そうだし、ちょうどよかったかも。

雪都《ゆきと》くんの反応《はんのう》をちらっとうかがう。

「…………」

あれ、無言《むごん》で固《かた》まってる？

「ゆ、雪都《ゆきと》く――きゃっ」

急《きゅう》に抱《だ》きしめられてびっくり。

「あー……かわいすぎて無理《むり》」

「なっ、う……え」

「……かわいすぎて一瞬《いっしゅん》心臓《しんぞう》止《と》まった」

「ええっ、それは大《おお》げさだよ」

それを言《い》うなら、雪都《ゆきと》くんからの〝かわいい〟のほうが、何倍《なんばい》も心臓《しんぞう》に悪《わる》い。

「妃那《ひな》のかわいさ無限大《むげんだい》」

「も、もうわかったから……！　ほら、もうクラス戻《もど》らないと開会式始《かいかいしきはじ》まっちゃうよ」

「んー……俺《おれ》ここでサボる予定《よてい》」

「みんな雪都《ゆきと》くんの活躍期待《かつやくきたい》してるのに！」

今回《こんかい》、スポーツ科《か》がいるので勝《か》つのは絶望《ぜつぼう》的《てき》とまで言《い》われてる。

でも、雪都《ゆきと》くんがいれば、勝《か》てるかもしれないって、みんなすごく期待《きたい》してた。

「じゃあさ、俺《おれ》が勝《か》ったら妃那《ひな》がなんかしてくれる？」

「え……っ」

「妃那《ひな》のためにがんばろーかな」

普段《ふだん》ゆるっとしてるのに、こういうのずるい……。

心臓《しんぞう》がこれでもかってくらい、ギュッてなった。

もうほんとに、雪都《ゆきと》くんはわたしをドキドキさせる天才《てんさい》なの……っ？


頬《ほお》の熱《ねつ》が引《ひ》かないまま、体育館《たいいくかん》で開会式《かいかいしき》が行《おこな》われた。

「ふぅ……やっぱり熱《あつ》い」

これもぜんぶ雪都《ゆきと》くんのせい。

開会式《かいかいしき》が終《お》わると、さっそく各種目《かくしゅもく》にわかれて競技《きょうぎ》が始《はじ》まる。

スポーツ科《か》の生徒《せいと》は気合《きあ》いの入《はい》り方《かた》が違《ちが》って、放課後《ほうかご》とかもみんな熱心《ねっしん》に練習《れんしゅう》に取《と》り組《く》んでいたらしい。

わたしは卓球《たっきゅう》を選《えら》んだけど、しょっぱなから卓球部《たっきゅうぶ》の子《こ》とあたって、見事《みごと》に惨敗《ざんぱい》。

午前《ごぜん》の一試合《いっしあい》でとくにすることがなくなったので、あとは応援《おうえん》に回《まわ》るだけ。

そういえば、雪都《ゆきと》くんはサッカーに参加《さんか》するんだっけ？

応援《おうえん》に行《い》く約束《やくそく》してるから、さっそくグラウンドへ。

ちょうど今《いま》から男子《だんし》の試合《しあい》が始《はじ》まるみたい。

トーナメント表《ひょう》を見《み》ると、なんと一回戦《いっかいせん》からスポーツ科《か》の三年生《さんねんせい》のクラスとあたることになってる。

決勝戦《けっしょうせん》でもないのに、サッカーコート周辺《しゅうへん》は応援《おうえん》に来《き》てる女《おんな》の子《こ》でいっぱい。

ギャラリーすごいなぁ。

ほとんどの子《こ》が雪都《ゆきと》くん目当《めあ》てで、雪都《ゆきと》くんへの歓声《かんせい》がものすごい飛《と》んでる。

「雪都《ゆきと》くんのクラスがんばってほしいよね～！　相手《あいて》のチームにサッカー部《ぶ》のエースがいるけど！」

そんな強敵《きょうてき》と一回戦《いっかいせん》からあたるんだ。

「でもさー、雪都《ゆきと》くん今年《ことし》は参加《さんか》するんだねー。こういう行事《ぎょうじ》に参加《さんか》してるのめずらしくない？」

「たしかに！　何《なに》か理由《りゆう》あるのかなー？」

隣《となり》にいる女《おんな》の子《こ》たちの会話《かいわ》を聞《き》いていたら、試合開始《しあいかいし》のホイッスルが鳴《な》った。

サッカーってすごく体力《たいりょく》を使《つか》うんだよね。コートをずっと走《はし》り回《まわ》らなきゃいけないし。

前半《ぜんはん》は相手《あいて》チームのほうが優勢《ゆうせい》。相手《あいて》チームにはサッカー部《ぶ》が何人《なんにん》かいるみたいだから、勝《か》つのは難《むずか》しいのかな。

……と思《おも》ったら、中盤《ちゅうばん》で試合《しあい》が大《おお》きく動《うご》いた。

雪都《ゆきと》くんへボールが渡《わた》ると、相手《あいて》チームをひとり、ふたりと……どんどんかわして、あっさりゴールを決《き》めた。

これで一点差《いってんさ》。後半《こうはん》は、みんな体力《たいりょく》が落《お》ちて少《すこ》し動《うご》きがにぶくなってる……はずなんだけど、雪都《ゆきと》くんだけは違《ちが》った。

相手《あいて》チームからボールをうばうと、またしてもひとりで何人《なんにん》もかわして、ボールはゴールに吸《す》い込《こ》まれていく。

す、すごい。これで同点《どうてん》だ。

一回戦《いっかいせん》からものすごい白熱《はくねつ》した試合《しあい》で、気《き》づいたらギャラリーがめちゃくちゃ増《ふ》えてる。

そして、チームメイトのアシストもあって、雪都《ゆきと》くんがラストのシュートを決《き》めた瞬間《しゅんかん》、試合終了《しあいしゅうりょう》のホイッスルが三回鳴《さんかいな》り響《ひび》いた。

「「「わぁぁぁー!!」」」

まさに圧巻《あっかん》。スポーツ科《か》のクラス相手《あいて》に勝《か》っちゃうなんてすごすぎるよ。

みんな息《いき》があがってるのに、雪都《ゆきと》くんはまだ余裕《よゆう》そうで、ひとりだけ体力《たいりょく》が異次元《いじげん》だ。

「やっぱり雪都《ゆきと》くんってなんでもできるんだね！」

「今年《ことし》の球技《きゅうぎ》大会《たいかい》最高《さいこう》すぎっ!!」

周《まわ》りの盛《も》り上《あ》がりも最高潮《さいこうちょう》。

おめでとうって声《こえ》をかけにいこうと思《おも》ったけど、雪都《ゆきと》くんは一瞬《いっしゅん》でみんなにかこまれちゃった。

そりゃそうだよね、大活躍《だいかつやく》だったし。わたしはあとで伝《つた》えようかな。

いったんクラスに戻《もど》ろうかと思《おも》ったら。

「今《いま》ちょっといいか」

「わっ、びっくりした！　苑井《そのい》くん急《きゅう》にどうしたの？」

いきなり現《あらわ》れて声《こえ》をかけてきたのは、いつも柊都《しゅうと》くんと一緒《いっしょ》にいる苑井《そのい》くんだ。

苑井《そのい》くんのほうから話《はな》しかけてくることがそんなにないから。

何《なに》かあったのかな？

「お前《まえ》に頼《たの》みたいことがある」

「どうかしたの？　そういえば、柊都《しゅうと》くんは一緒《いっしょ》じゃないんだね」

「柊都《しゅうと》さんなら、いま仮眠《かみん》とってる」

「え、仮眠《かみん》？」

「昨日《きのう》から徹夜《てつや》で旧校舎《きゅうこうしゃ》の部屋《へや》にこもって調《しら》べものしてたんだよ。俺《おれ》が止《と》めなかったら、仮眠《かみん》もとらずに作業続《さぎょうつづ》けてたし」

「て、徹夜《てつや》!? どうしてそんな無茶《むちゃ》なこと……」

「エーデのやつらが不自然《ふしぜん》な動《うご》きしてないか柊都《しゅうと》さんが確認《かくにん》してんだよ」

「どう、して？」

「ここ最近《さいきん》、俺《おれ》たちの学園《がくえん》の近《ちか》くで白金《しろがね》の生徒《せいと》をよく見《み》かけるようになった。エーデの下《した》っぱのやつらが何《なに》かかぎまわってるっぽい。こちらに姿《すがた》がバレないようにしてるつもりだろうけど、柊都《しゅうと》さんはその動《うご》きにいち早《はや》く気《き》づいた。だから、単独《たんどく》で調《しら》べてんだよ」

エーデが動《うご》いてる……ということは、京利《きょうり》くんが何《なに》か仕掛《しか》けようとしてる……？

なんだか少《すこ》し胸騒《むなさわ》ぎがする。

「柊都《しゅうと》さんは誰《だれ》かがブレーキかけないと、身体《からだ》がこわれるまで没頭《ぼっとう》する。今《いま》まさにその状況《じょうきょう》なんだよ。雪都《ゆきと》さんもそうだけど、ふたごそろって無茶《むちゃ》するから」

「い、今《いま》はちゃんと寝《ね》てるの？」

「わかんねーな。さっき俺《おれ》が止《と》めたけど、俺《おれ》の言《い》うことは聞《き》かねーかもしれねーし」

「もしかして、わたしに頼《たの》みたいことって柊都《しゅうと》くんが関係《かんけい》してる？」

「あぁ、そうだよ。柊都《しゅうと》さんがこれ以上《いじょう》無茶《むちゃ》しないように、お前《まえ》がそばにいてやってほしい」

「わ、わたしでいいの？」

「お前《まえ》じゃなきゃダメなんだよ。柊都《しゅうと》さんもお前《まえ》がそばにいたらよろこぶだろうし」

もしかして、それでわざわざわたしのところに？

苑井《そのい》くんがわたしに頼《たの》み事《ごと》してくるなんて、今《いま》まで一度《いちど》もなかったから。

「苑井《そのい》くんって、ほんとに柊都《しゅうと》くん想《おも》いなんだね！　あと意外《いがい》と素直《すなお》！」

「う、うるせー……！　そんなこと言《い》ってるヒマあるなら、さっさと柊都《しゅうと》さんのところ行《い》けよ！」

ちょっと口悪《くちわる》いけど、苑井《そのい》くんもいいところあるんだなぁ。

こうして、柊都《しゅうと》くんがいるであろう旧校舎《きゅうこうしゃ》のいつもの部屋《へや》へ。

なんでも、この部屋《へや》の奥《おく》に仮眠《かみん》スペースのようなところがあるらしく、そこのベッドで柊都《しゅうと》くんは寝《ね》てるらしい。

奥《おく》の部屋《へや》のとびらを開《あ》けると、横《よこ》になってる柊都《しゅうと》くんがいた。

よかった、ちゃんと寝《ね》てる。

ゆっくりベッドに近《ちか》づいて気《き》づいた。

柊都《しゅうと》くんの顔色《かおいろ》がいつもよりだいぶ悪《わる》い。どう見《み》ても限界《げんかい》を突破《とっぱ》してるくらい疲《つか》れ切《き》ってる。

なのに、苑井《そのい》くんが止《と》めるまでぶっ通《とお》しで作業《さぎょう》してたなんて。

さすがに心配《しんぱい》だよ。

近《ちか》くにあった毛布《もうふ》を、そっと柊都《しゅうと》くんにかけたとき。

「……え、なんで妃那《ひな》ちゃんがここにいるの」

「あっ、ごめんね。起《お》こしちゃったかな」

さっきまで閉《と》じていた目《め》が、おどろいたように見開《みひら》かれた。

「ん、大丈夫《だいじょうぶ》。もともと眠《ねむ》り浅《あさ》かったし」

「そ、そっか。徹夜《てつや》してたって聞《き》いて心配《しんぱい》で」

「ははっ、創士《そうし》が言《い》ったんだねー。別《べつ》に僕《ぼく》は平気《へいき》なんだけどな」

「顔色《かおいろ》がいつもより悪《わる》いし、身体《からだ》はきっと平気《へいき》じゃないよ。柊都《しゅうと》くんが無茶《むちゃ》したらみんな心配《しんぱい》するから、ちゃんと休《やす》んでほしい」

「妃那《ひな》ちゃんに心配《しんぱい》してもらえるなら、無茶《むちゃ》するのも悪《わる》くないかもね」

「そ、そんなこと簡単《かんたん》に言《い》っちゃダメ――」

「だって、そうすれば僕《ぼく》のことだけ考《かんが》えてくれるでしょ」

柊都《しゅうと》くんの手《て》が、そっとわたしの頬《ほお》に触《ふ》れた。

わたしの頬《ほお》が持《も》つ熱《ねつ》とは正反対《せいはんたい》の、少《すこ》し体温《たいおん》が落《お》ちた冷《つめ》たい手《て》。

「今《いま》だけ……僕《ぼく》が妃那《ひな》ちゃんを独占《どくせん》してるんだよ」

「柊都《しゅうと》くん、どうしちゃったの……？」

「僕《ぼく》はいつも通《どお》りだけど」

「だって、こんなふうに触《ふ》れてくるの……」

「こうでもしないと妃那《ひな》ちゃんが僕《ぼく》を意識《いしき》してくれないから」

もしかして、疲《つか》れすぎて熱《ねつ》でもあるんじゃ？　いつもの柊都《しゅうと》くんらしくない……から。

「それよりさ……今日《きょう》の妃那《ひな》ちゃんかわいいね」

「ふへ……？」

「いつもかわいいけど……今日《きょう》はとびきりかわいい」

結《むす》んだ髪《かみ》に、そっと柊都《しゅうと》くんが触《ふ》れる。

「雪都《ゆきと》くんが、してほしいって……」

ふと、雪都《ゆきと》くんの顔《かお》が浮《う》かんだ。

今朝《けさ》、空《あ》き教室《きょうしつ》でふたりっきりでいたときのことを思《おも》い出《だ》して……頬《ほお》の熱《ねつ》がグーンと上《あ》がった。

うっ、どうしよう。雪都《ゆきと》くんのこと思《おも》い出《だ》すと、顔《かお》にぜんぶ出《で》ちゃう。

今《いま》わたしぜったい顔真《かおま》っ赤《か》だ……っ。

「ね、妃那《ひな》ちゃん……いま誰《だれ》のこと思《おも》い浮《う》かべたの？」

声《こえ》のトーンが少《すこ》し落《お》ちて、いつもの笑顔《えがお》の柊都《しゅうと》くんはいない。

「いま妃那《ひな》ちゃんの前《まえ》にいるのは僕《ぼく》だよ……雪都《ゆきと》じゃない」

真剣《しんけん》なまなざしが、わたしの瞳《ひとみ》をしっかりとらえたまま。

「……わかる？　いま僕《ぼく》が嫉妬《しっと》でいっぱいなの」

柊都《しゅうと》くんの手《て》によって、結《むす》んでいた髪《かみ》が両方《りょうほう》ともシュルッとほどかれた。

さらっと流《なが》れ落《お》ちた髪《かみ》に、柊都《しゅうと》くんが優《やさ》しく触《ふ》れて……。

「僕《ぼく》はいつもの妃那《ひな》ちゃんのほうが好《す》き」

そのままくいあげた髪《かみ》にチュッとキスを落《お》とした。

特別《とくべつ》になりたい　～柊都《しゅうと》side～

最近《さいきん》、気《き》になる子《こ》……いや、好《す》きな子《こ》ができた。

だけど、その子《こ》は僕《ぼく》を見《み》てくれない、どうしても僕《ぼく》に振《ふ》り向《む》いてくれない――。


「あっ、柊都《しゅうと》くん。えっと、もう体調《たいちょう》は大丈夫《だいじょうぶ》？」

「また限界突破《げんかいとっぱ》したら妃那《ひな》ちゃんがそばにいてくれる？」

「も、もうそんなこと冗談《じょうだん》でも言《い》っちゃダメだよ！」

結構本気《けっこうほんき》なんだけどなぁ……なんて。

だって、こうでもしないと、妃那《ひな》ちゃんは僕《ぼく》のことを考《かんが》えてくれないから。

数日前《すうじつまえ》の球技大会《きゅうぎたいかい》の日《ひ》……僕《ぼく》の体調《たいちょう》を心配《しんぱい》した妃那《ひな》ちゃんが、僕《ぼく》のところに来《き》てくれたのは素直《すなお》にうれしかった。

ただ、ひとつだけ……思《おも》い知《し》らされた。いつだって、妃那《ひな》ちゃんの頭《あたま》の中《なか》をいっぱいにしてるのは僕《ぼく》じゃないってこと。

いつもと雰囲気《ふんいき》の違《ちが》う妃那《ひな》ちゃんを見《み》て、素直《すなお》にかわいいと思《おも》った。

けど、これがまさか僕《ぼく》の嫉妬《しっと》の引《ひ》き金《がね》をひくきっかけになるとはね。

僕《ぼく》が〝かわいい〟って伝《つた》えたのに対《たい》して、妃那《ひな》ちゃんは――『雪都《ゆきと》くんが、してほしいって……』と言《い》った。しかも、徐々《じょじょ》に頬《ほお》が赤《あか》く染《そ》まっていくのを見《み》て、どうしようもないくらいムカついた。

僕《ぼく》と一緒《いっしょ》にいるのに、わかりやすく雪都《ゆきと》を思《おも》い浮《う》かべる妃那《ひな》ちゃんを見《み》て、嫉妬《しっと》にかられないわけがない。

自分《じぶん》がここまで嫉妬深《しっとぶか》いと思《おも》ってなかったし、妃那《ひな》ちゃんといるとものすごく感情《かんじょう》を乱《みだ》される。

ここまでひとりの女《おんな》の子《こ》に夢中《むちゅう》になるとは思《おも》ってなかった。

そもそも、最初《さいしょ》のころは妃那《ひな》ちゃんのこと〝雪都《ゆきと》がローズを渡《わた》した相手《あいて》〟くらいの認識《にんしき》で。いったいどんな子《こ》なんだろうって、ただの興味《きょうみ》の対象《たいしょう》としてしか見《み》てなかった。

気《き》になって声《こえ》をかけたけど第一印象《だいいちいんしょう》は、これといってとくに惹《ひ》かれるものはなかった。

まあ、見《み》た目《め》はかわいかったけど。

だから、僕《ぼく》まで興味《きょうみ》を持《も》つとかないだろうなーって最初《さいしょ》はそう思《おも》ってた。

けど、僕《ぼく》が妃那《ひな》ちゃんに惹《ひ》かれるまで、そんな時間《じかん》はかからなかった。

意外《いがい》と頭《あたま》が切《き》れる子《こ》なんだって感心《かんしん》させられたり。

それに、今《いま》まであまり感《かん》じたことがない、興味《きょうみ》ってやつがわいた。

他人《たにん》には興味《きょうみ》ないし、そもそもあんま関《かか》わりとか持《も》ちたくないと思《おも》ったけど……妃那《ひな》ちゃんだけは、特別《とくべつ》に何《なに》か強《つよ》く惹《ひ》かれるものがあった。

雪都《ゆきと》が気《き》に入《い》るのなんかわかる気《き》がする……なんて思《おも》いながら、はじめて自分《じぶん》のクリスタルローズを渡《わた》した。


「柊都《しゅうと》さん、今日《きょう》お昼《ひる》どうします？」

「んー、久々《ひさびさ》にカフェテリアで食《た》べよーか」

いつも休《やす》み時間《じかん》や放課後《ほうかご》は創士《そうし》と過《す》ごすことが多《おお》い。

基本的《きほんてき》にあまり信用《しんよう》できる人間《にんげん》がそばにいないけど、創士《そうし》のことはかなり信頼《しんらい》してる。

創士《そうし》は昔《むかし》、エーデのやつらに花城学園《はなしろがくえん》の内部《ないぶ》の情報《じょうほう》を探《さぐ》ってこいとおどされていた。

そのおどしていたやつは創士《そうし》の幼《おさな》なじみで、白金学園《しろがねがくえん》へ進学《しんがく》しエーデに入《はい》ったらしい。

幼《おさな》なじみをおどすとか、エーデのやり方《かた》はきたなすぎてむしずが走《はし》る。

創士《そうし》がおどされていることに気《き》づき、当時《とうじ》すべてカタを付《つ》けたのが僕《ぼく》だった。

そのときのことを創士《そうし》はいまだに感謝《かんしゃ》してくれていて、僕《ぼく》に信頼《しんらい》を置《お》いてくれてる。

そんな創士《そうし》だから、仲間《なかま》としてチームを支《ささ》えてほしいと思《おも》って幹部《かんぶ》としてブルームに入《はい》ってもらった。

「つーか、相変《あいか》わらずカフェテリアは人《ひと》すごいっすね」

「ほんとだよねー。さっさとお昼《ひる》すませてクラス戻《もど》ろっか」

ちょうどテラスに近《ちか》い窓際《まどぎわ》の席《せき》が空《あ》いたのでそこで食《た》べることに。

ふと、そういえば妃那《ひな》ちゃんはいま何《なに》してるのかなーとか考《かんが》えてたら。

「あ、妃那《ひな》ちゃんだ」

キョロキョロしてる様子《ようす》から、どうやら席《せき》を探《さが》してるっぽい。

声《こえ》をかけようと思《おも》ったけど、偶然《ぐうぜん》妃那《ひな》ちゃんがいる近《ちか》くの四人《よにん》がけのテーブルが空《あ》いた。

そこに座《すわ》るかと思《おも》ったら、何《なに》かに気《き》づいた妃那《ひな》ちゃんが座《すわ》るのを遠慮《えんりょ》した。

ん……？　なんで座《すわ》らないんだろう？

すると、妃那《ひな》ちゃんがすぐそばにいた四人組《よにんぐみ》のひとりに声《こえ》をかけた。

「あのっ、よかったらここどうぞ！」

「え、いいのー？」

「わたしは別《べつ》の席《せき》を探《さが》すので！」

あーあ、それじゃ自分《じぶん》が座《すわ》れなくなるじゃん。ほんとお人好《ひとよ》しだなぁ。

今度《こんど》はひとりがけの別《べつ》の席《せき》を見《み》つけたと思《おも》ったら、うっかり席取《せきと》られてるし。

「あ……座《すわ》る場所《ばしょ》なくなっちゃった……どうしよう」

しょぼんとしてるのもかわいい。僕《ぼく》って結構重症《けっこうじゅうしょう》かな。

ほんと放《ほう》っておけないっていうか、僕《ぼく》がどうにかしてあげたいって思《おも》うんだよね。

こんな気持《きも》ちになるのは、妃那《ひな》ちゃんだからかな。

他《ほか》の子《こ》には、ここまでしてあげたいと思《おも》わないし。

「妃那《ひな》ちゃん、こっちおいで。ここ空《あ》いてるから」

「柊都《しゅうと》くん！」

僕《ぼく》を見《み》つけた瞬間《しゅんかん》、パッと見《み》せてくれる笑顔《えがお》も好《す》きだなぁ。

「えっと、わたしも座《すわ》っていいの？」

「うん。妃那《ひな》ちゃんお人好《ひとよ》しだから、いつまでも座《すわ》れなくなりそうだし」

「柊都《しゅうと》さんは相変《あいか》わらずコイツに甘《あま》いっすね」

「そりゃ、自分《じぶん》の特別《とくべつ》な子《こ》には甘《あま》くなるものだよ」

ただ、妃那《ひな》ちゃんにとっての〝特別《とくべつ》〟は僕《ぼく》じゃないから——なんて、ぼんやりそんなことが浮《う》かんだのは、きっと気《き》のせい。

「妃那《ひな》ちゃんは僕《ぼく》の隣《となり》ね」

「あ、ありがとう！　柊都《しゅうと》くんと苑井《そのい》くんがいてくれてよかった！」

「……妃那《ひな》ちゃん髪《かみ》になんかついてる」

「え？」

「僕《ぼく》が取《と》ってあげるから、じっとしてて」

妃那《ひな》ちゃんの顔《かお》をのぞきこんで、わざと少《すこ》しだけ距離《きょり》をつめる。

これで少《すこ》しでも動揺《どうよう》してくれたらいいのにさ……。

僕《ぼく》の計算通《けいさんどお》りにいかないのが妃那《ひな》ちゃんなんだよね。

キョトンとした顔《かお》をして、僕《ぼく》のこと意識《いしき》してないのまるわかり。

ここまでわかりやすい子《こ》っていないんじゃない？

「はい、もういいよ」

「あ、ありがと――」

「え……!?　も、もしかして雪都《ゆきと》だ」

わー、ほんとわかりやす。雪都《ゆきと》くんと一緒《いっしょ》に食《た》べる約束《やくそく》してたの!?」

しかも、雪都《ゆきと》がそばにいるわけじゃないのに頬《ほお》のあたり赤《あか》くなってるし。

何度《なんど》も思《おも》い知《し》らされるなぁ……僕《ぼく》は妃那《ひな》ちゃんにとって、まったく恋愛対象《れんあいたいしょう》じゃないってことに。

妃那《ひな》ちゃんがとびきりかわいい顔《かお》をするのは、雪都《ゆきと》のことを考《かんが》えてるとき。

僕《ぼく》はこの表情《ひょうじょう》がいちばん好《す》きだけど、嫌《きら》いでもあったりする。

好《す》きな子《こ》のかわいい表情《ひょうじょう》はいくらでも見《み》たいけど、それが他《ほか》の男《おとこ》を想《おも》ってだったら、そんな表情《ひょうじょう》を見《み》るのも嫌《いや》になったりするよね。

雪都《ゆきと》は僕《ぼく》が知《し》らない妃那《ひな》ちゃんのかわいい表情《ひょうじょう》を、たくさん知《し》ってるんだろうな。

「雪都《ゆきと》がうらやましいよ」

「……？　急《きゅう》にどうしたの？」

「さあ、どうしたんだろうねー」

このかわいさを僕《ぼく》だけが独占《どくせん》できたらいいのに……なんてそんな叶《かな》わないことを思《おも》ってみたり。

僕《ぼく》の気持《きも》ちを伝《つた》えたら、妃那《ひな》ちゃんはどんな表情《ひょうじょう》をするだろう？

好《す》きなら信《しん》じるだけ

最近《さいきん》、学園周辺《がくえんしゅうへん》の警備《けいび》が厳《きび》しくなりはじめた。

それに、ブルームのメンバーみんなが毎日忙《まいにちいそが》しそうにしてる。

その原因《げんいん》は、ここ数日白金学園《すうじつしろがねがくえん》の生徒《せいと》が、花城学園《はなしろがくえん》の生徒《せいと》に手当《てあ》たりしだいにケンカを吹《ふ》っかけて負傷者《ふしょうしゃ》を出《だ》しているから。

しかも、ケンカをしてるのはエーデの下《した》っぱばかり……らしい。

エーデが動《うご》きはじめたってことは、ブルームだって黙《だま》って見《み》てるわけにはいかない。

もともと、ブルームとエーデは二大勢力《にだいせいりょく》と言《い》われていて、対立《たいりつ》しているチーム。

今《いま》まで緊張状態《きんちょうじょうたい》は続《つづ》いていたけど、とくに大《おお》きな抗争《こうそう》もなく均《きん》こうを保《たも》っていたのに。

ピリついた雰囲気《ふんいき》で、厳戒態勢《げんかいたいせい》がしかれてる……そんな状況《じょうきょう》。

わたしも、学園《がくえん》の外《そと》では警戒《けいかい》するようにって雪都《ゆきと》くんに言《い》われてる。

それに、また京利《きょうり》くんがいつ接近《せっきん》してくるかわからないからって、ブルームのメンバーが交代《こうたい》でわたしを送《おく》り迎《むか》えしてくれてる。

そこまでしてもらわなくて大丈夫《だいじょうぶ》って伝《つた》えてるんだけど……。

いちばんねらわれる危険性《きけんせい》があるのがわたしだからって、雪都《ゆきと》くんと柊都《しゅうと》くんが心配《しんぱい》してかなり警戒《けいかい》してる。


放課後《ほうかご》になると、有垣《うがき》くんがあわただしくクラスを出《で》ていこうとしてる。

「妃那《ひな》さん。俺《おれ》が戻《もど》ってくるまで待《ま》っててください！」

今日《きょう》は有垣《うがき》くんが家《いえ》まで送《おく》ってくれるけど、なんだかバタバタしてて忙《いそが》しそう。

雪都《ゆきと》くんも朝《あさ》クラスに顔《かお》を出《だ》してから、どこか行《い》ってるみたいだし。

今回《こんかい》ばかりは気《き》まぐれとかじゃないっていうのが、空気《くうき》でなんとなくわかる。

有垣《うがき》くんに言《い》われた通《とお》り、ひとりクラスで待《ま》つことに。

ブルームのみんなが大変《たいへん》な中《なか》、わたしは何《なに》もできないし、守《まも》ってもらってばかりだ。

「何《なに》か役《やく》に立《た》てることないかな……」

できることがあれば、なんでもいいからしたいなって思《おも》う。

何《なに》もせずに、ただ守《まも》ってもらうだけは嫌《いや》だから。

「あの……、桃園《ももぞの》さん」

「ど、どうかした？」

この子《こ》はたしか、同《おな》じクラスの和泉《いずみ》さんだっけ。

かなりおとなしめな女《おんな》の子《こ》で、あまり話《はな》したことはない。

周《まわ》りを気《き》にするしぐさを見《み》せながら、困《こま》ってるのが表情《ひょうじょう》からわかる。

何《なに》かあったのかな。

「校舎《こうしゃ》の外《そと》で、女《おんな》の子《こ》が白金《しろがね》の生徒《せいと》にからまれてるの見《み》かけて……助《たす》けてほしいの」

「えっ、そうなの？　場所《ばしょ》どこか聞《き》いてもいいかな」

「……案内《あんない》する、から。ついてきて」

「うん、わかった」

念《ねん》のため、ブルームの誰《だれ》かに連絡《れんらく》しようかと思《おも》ったけど……。

みんな忙《いそが》しいだろうし……スマホはスカートのポケットに入《い》れたまま。

わたしだけでなんとかできるなら、ブルームのみんなの力《ちから》を借《か》りずに解決《かいけつ》したい。

和泉《いずみ》さんについていくと、そこは正門《せいもん》とは真反対《まはんたい》の位置《いち》にある裏門《うらもん》だった。

こっち側《がわ》の門《もん》は、生徒《せいと》の出入《でい》りがほとんどない……つまり閑散《かんさん》としてる。

少《すこ》し嫌《いや》な予感《よかん》がする。こういう予感《よかん》って、だいたい的中《てきちゅう》することが多《おお》くて——。

フッとわたしの前《まえ》に影《かげ》が重《かさ》なった。

ゆっくり顔《かお》をあげて……心臓《しんぞう》がドクッと嫌《いや》な音《おと》を立《た》てた。

「久《ひさ》しぶりだねー、妃那《ひな》ちゃん」

「京利《きょうり》、くん」

なんでここに……？

それに、京利《きょうり》くんを筆頭《ひっとう》に、白金《しろがね》の生徒《せいと》がザッと見《み》ても五人以上《ごにんいじょう》はいる。

「あっ、キミごくろーさまね。この子《こ》、俺《おれ》がやとったスパイなんだよ」

和泉《いずみ》さんがスパイって……どういうこと……？

「花城《はなしろ》はガードが堅《かた》いから、白金《しろがね》の生徒《せいと》はなかなか近《ちか》づけない。だから、花城《はなしろ》の生徒《せいと》をこっちに取《と》り込《こ》むしかなかったんだよね。おかげで、ブルームのやつらの動《うご》きも把握《はあく》できるし」

「何《なに》が目的《もくてき》……なの」

「んー、雪都《ゆきと》くんをつぶすことかな。こうして騒《さわ》ぎでも起《お》こさないと、俺《おれ》のこと相手《あいて》にしてくれないからさ」

わたしが知《し》ってる京利《きょうり》くんとは違《ちが》う。

エーデの総長《そうちょう》としてブルームをつぶそうとしてる……そんな空気《くうき》が感《かん》じ取《と》れる。

「雪都《ゆきと》くんの最大《さいだい》の弱点《じゃくてん》は妃那《ひな》ちゃんだしね。だからさ、ずっと妃那《ひな》ちゃんがひとりになるチャンスをねらって、この子《こ》に見張《みは》らせてたんだよ。いま俺《おれ》たちのメンバーがあちこちで騒《さわ》ぎ起《お》こしてるから、ブルームのやつらはそっちで手《て》いっぱいだろうし」

京利《きょうり》くんがグイッと距離《きょり》をつめて、わたしの瞳《ひとみ》をしっかりとらえた。

「手荒《てあら》なことはしたくないからさ……妃那《ひな》ちゃんならどうすべきかわかるよね？」

つまり、抵抗《ていこう》せずに言《い》うことを聞《き》けってこと。

京利《きょうり》くんの後《うし》ろにいた白金《しろがね》の生徒《せいと》が、わたしの周《まわ》りをかこんで逃《に》げ道《みち》をふさいだ。

スキをついて逃《に》げるのを考《かんが》えていたけど、それはできなくなった。

「妃那《ひな》ちゃんは雪都《ゆきと》くんを呼《よ》び出《だ》すために利用《りよう》するだけだから」

真《ま》っ黒《くろ》のワンボックスカーが目《め》の前《まえ》に停《と》まった。

「さて、乗《の》ってくれる？　抵抗《ていこう》したら多少《たしょう》の拘束《こうそく》はさけられないけど」

今《いま》は京利《きょうり》くんの言《い》われた通《とお》りにしたほうがいいと判断《はんだん》して、車《くるま》に乗《の》り込《こ》んだ。

車内《しゃない》の窓《まど》はすべてスモークガラスで、外《そと》から中《なか》が何《なに》も見《み》えないように徹底《てってい》されてる。

車《くるま》にゆられること三十分《さんじゅっぷん》くらい。静《しず》かに停止《ていし》して、車《くるま》のとびらが開《ひら》いた。

「さ、どうぞ」

ここはどこ……？

周《まわ》りを見渡《みわた》す限《かぎ》り、工業地帯《こうぎょうちたい》のような工場《こうじょう》や倉庫《そうこ》が立《た》ち並《なら》んでるような場所《ばしょ》。

「ここはさ、白金《しろがね》が所有《しょゆう》してるコンテナ倉庫《そうこ》なんだよ」

入《い》り口《ぐち》の南京錠《なんきんじょう》が外《はず》されて、重《おも》たいとびらが音《おと》を立《た》てて開《ひら》く。中《なか》はかなり広《ひろ》くてうす暗《ぐら》い。

さいわい、わたしは今《いま》も身体《からだ》のどこも拘束《こうそく》はされていない。

「妃那《ひな》ちゃんはそこに座《すわ》っておとなしくしててね」

京利《きょうり》くんに言《い》われた通《とお》り、ひとりがけの少《すこ》しかためのイスに腰《こし》かけた。

さっきよりも白金《しろがね》の生徒《せいと》が増《ふ》えて、わたしの周《まわ》りに十人《じゅうにん》くらい。出入《でい》り口《ぐち》のとびらの両《りょう》サイドに五人《ごにん》ずつ、それに倉庫《そうこ》の外《そと》にも見張《みは》りとして十人《じゅうにん》くらいいた。

「そうだ、妃那《ひな》ちゃん。スマホ貸《か》してくれる？　あと、ロックも解除《かいじょ》して」

言《い》われた通《とお》りにすると、京利《きょうり》くんがわたしのスマホでどこかに電話《でんわ》をしはじめた。

相手《あいて》はたぶん──。

「あー、雪都《ゆきと》くん？　俺《おれ》だけどわかるかな」

やっぱり電話《でんわ》の相手《あいて》は雪都《ゆきと》くんだ。

「今《いま》これがどういう状況《じょうきょう》か、かしこい雪都《ゆきと》くんならわかるよねー？」

そう言《い》いながら、ビデオ通話《つうわ》に切《き》り替《か》えてスマホをわたしのほうに向《む》けた。

「見《み》ての通《とお》り、妃那《ひな》ちゃんはこっちであずかってるからさー。返《かえ》してほしかったら雪都《ゆきと》くんひとりでここまでおいでよ。いま位置情報《いちじょうほう》送《おく》ったから。仲間《なかま》を連《つ》れてきたのがわかった瞬間《しゅんかん》、妃那《ひな》ちゃんがどうなるか……雪都《ゆきと》くんならわかるよね」

まさか、これだけの人数相手《にんずうあいて》に雪都《ゆきと》くんはひとりでたたかうの……？

そんなのいくらなんでもこっちが不利《ふり》すぎる。

ここにいるのは全員《ぜんいん》エーデのメンバーだから、それなりに強《つよ》いだろうし。

危険《きけん》だから来《き》てほしくないけど……雪都《ゆきと》くんはきっと来《く》るし、ぜったい負《ま》けない。

それに──『妃那《ひな》は俺《おれ》が守《まも》るって約束《やくそく》する』雪都《ゆきと》くんの言葉《ことば》を信《しん》じてるから。

「さてと、雪都《ゆきと》くんがここに来《く》るまで時間《じかん》の問題《もんだい》かな」

「どうして、こんなことするの……」

「俺《おれ》言《い》わなかった？　望月雪都《もちづきゆきと》がこの世《よ》でいちばん嫌《きら》いだって。いつも余裕《よゆう》そうで、俺《おれ》たちのことまったく相手《あいて》にしないのがムカつくんだよねー。それにさ、雪都《ゆきと》くんをつぶさないとブルームは消《き》えないし、俺《おれ》たちエーデがこの辺一帯《へんいったい》を支配《しはい》するにはブルームがジャマなんだよ」

「それは京利《きょうり》くんが自分《じぶん》の思《おも》い通《どお》りにならなくて、一方的《いっぽうてき》に雪都《ゆきと》くんに腹《はら》を立《た》ててるだけでしょ。それにこんなやり方《かた》、間違《まちが》ってるよ」

「妃那《ひな》ちゃんいま自分《じぶん》の立場《たちば》わかってる？　ってかさ、なかなか肝《きも》すわってるよねー。こんな状況《じょうきょう》なのに全然《ぜんぜん》おびえてないし」

「雪都《ゆきと》くんを信《しん》じてるから。こんなひきょうなことする相手《あいて》に、雪都《ゆきと》くんが負《ま》けるわけないって」

「ははっ、言《い》ってくれるねー」

——ガシャンッ……!!

京利《きょうり》くんが近《ちか》くにあったラックのたなをけり飛《と》ばした。

笑顔《えがお》なのに、目《め》の奥《おく》が笑《わら》ってない……一気《いっき》にこの場《ば》の空気《くうき》がこおる。

「しかもさ、普段《ふだん》はうちのチームに興味《きょうみ》を示《しめ》さない雪都《ゆきと》くんが、妃那《ひな》ちゃんを守《まも》るために探《さぐ》りを入《い》れていろいろ調《しら》べてたみたいじゃん」

そう……だったんだ。

そういえば、雪都《ゆきと》くんが放課後《ほうかご》どこか行《い》ってるようなことは聞《き》いてたけど……。

まさかエーデのことを調《しら》べてた……？

すると、倉庫内《そうこない》に警報《けいほう》のようなブザー音《おん》が突然《とつぜん》鳴《な》り響《ひび》いた。

な、何《なに》この音《おと》……？

「ブルームの総長《そうちょう》さまのお出《で》ましかなー」

重《おも》たいとびらがゆっくり開《ひら》かれて、外《そと》の光《ひかり》が入《はい》り込《こ》んできた。

まぶしくて思《おも》わず目《め》がくらんだ一瞬《いっしゅん》、ひとりの影《かげ》が映《うつ》った。

「さすが雪都《ゆきと》くんだー。外《そと》にいるやつらみんな瞬殺《しゅんさつ》でたおしちゃったのー？」

「……京利《きょうり》。どういうつもりだ」

いつも起伏《きふく》のない声《こえ》の雪都《ゆきと》くんが、怒《いか》りをおさえるように低《ひく》く冷《つめ》たい声《こえ》で言《い》い放《はな》つ。

外《そと》にいた見張《みは》りを全員《ぜんいん》たおしたのに、雪都《ゆきと》くんは傷《きず》ひとつ負《お》っていない。

「妃那《ひな》ちゃんのことになると、雪都《ゆきと》くんも冷静《れいせい》さを失《うしな》っちゃうのかな」

「……妃那《ひな》をまきこんだこと、一生後悔《いっしょうこうかい》させてやるよ」

雪都《ゆきと》くんが一歩前《いっぽまえ》に出《で》ると、その気迫《きはく》に圧倒《あっとう》されるようにエーデのメンバー全員《ぜんいん》、身構《みがま》えるように一歩《いっぽ》引《ひ》く。

でも、京利《きょうり》くんだけは余裕《よゆう》を振《ふ》りかざして、雪都《ゆきと》くんへ距離《きょり》をつめる。

「やっと俺《おれ》と勝負《しょうぶ》してくれる気《き》になったんだ？」

こっちの形勢《けいせい》が不利《ふり》なのは変《か》わらない。

ふたりが本気《ほんき》でぶつかれば、負《ま》けたほうはケガだけじゃすまないかもしれない。

「やるなら本気《ほんき》でやろーよ……ね、雪都《ゆきと》くん」

一瞬《いっしゅん》にして周《まわ》りが静《しず》まり返《かえ》り……そのスキに、京利《きょうり》くんが一気《いっき》に攻《せ》め込《こ》むように、こぶしを振《ふ》りかざしたのが見《み》えた。

っ……、雪都《ゆきと》くん……。

反射的《はんしゃてき》に目《め》をつぶってしまった。

それから十秒《じゅうびょう》くらいしても何《なに》も音《おと》がしない。いったいどうなったの……？

ゆっくり目《め》を開《あ》けると、お互《たが》い背《せ》を向《む》けてその場《ば》に立《た》ち尽《つ》くすふたり。

たぶん、もうこれは決着《けっちゃく》がついてる。

息《いき》の仕方《しかた》がわからなくなるくらいで……ただ一点《いってん》を見《み》つめていると、刹那《せつな》――京利《きょうり》くんの身体《からだ》が地面《じめん》にたおれこんだ。

「……二度《にど》と妃那《ひな》に手出《てだ》すなよ」

雪都《ゆきと》くんは、地面《じめん》にしっかり足《あし》をつけたまま……つまり、雪都《ゆきと》くんが勝《か》ったってことだ。

あまりに一瞬《いっしゅん》の出来事《できごと》で、ここにいる全員《ぜんいん》があぜんとしてる。

はっ……ぼうっとしてる場合《ばあい》じゃない。

せっかく雪都《ゆきと》くんが助《たす》けに来《き》てくれたんだから、わたしも待《ま》ってるだけじゃダメだ。

京利《きょうり》くんがやられてしまった今《いま》、ここにいるエーデのメンバーは雪都《ゆきと》くんの強《つよ》さにひるんでるはず……スキをつくなら今《いま》しかない。

自《みずか》らの足《あし》で立《た》ち上《あ》がり、雪都《ゆきと》くんのもとへかけ寄《よ》った。

雪都《ゆきと》くんの強《つよ》さに甘《あま》えるばかりは嫌《いや》だから。

「妃那《ひな》」

「雪都《ゆきと》くん……っ」

夢中《むちゅう》で雪都《ゆきと》くんの腕《うで》の中《なか》に飛《と》び込《こ》んだ。

わたしをしっかり受《う》け止《と》めてくれて、抱《だ》きしめ返《かえ》してくれる……わたしはやっぱり雪都《ゆきと》くんのそばにいたい。

「妃那《ひな》ちゃん！」

この声《こえ》は柊都《しゅうと》くん……？　それに、有垣《うがき》くんも苑井《そのい》くんもいる。

「雪都《ゆきと》さん大丈夫《だいじょうぶ》っすか⁉　ひとりでエーデの倉庫《そうこ》に乗《の》り込《こ》むなんて、無茶《むちゃ》なことばっかしないでくださいよ！」

三人《さんにん》とも、雪都《ゆきと》くんのあとを追《お》いかけて助《たす》けに来《き》てくれたらしい。

「とにかく妃那《ひな》ちゃんが無事《ぶじ》でよかった。さすが雪都《ゆきと》だね、ちゃんと大事《だいじ》な子《こ》を守《まも》れちゃうとか……僕《ぼく》に勝《か》ち目《め》ないじゃん」

柊都《しゅうと》くんは、何《なに》か吹《ふ》っ切《き》れたような表情《ひょうじょう》をしてた。

「あとは僕《ぼく》らが片《かた》づけておくから。妃那《ひな》ちゃんは雪都《ゆきと》のそばにいてあげて」


あれから迎《むか》えの車《くるま》でいったん学園《がくえん》の旧校舎《きゅうこうしゃ》の部屋《へや》に戻《もど》った。

「妃那《ひな》……ごめん。俺《おれ》のせいで危険《きけん》な目《め》にあわせて」

「ううん……。わたしのほうこそ、もっと警戒《けいかい》してたらよかったのに。あの、助《たす》けに来《き》てくれて本当《ほんとう》にありがとう」

「妃那《ひな》になんかあったらどうしようって……生《い》きた心地《ここち》しなかった」

優《やさ》しくギュッと抱《だ》きしめてくれた。

「雪都《ゆきと》くんが助《たす》けてくれるって、信《しん》じてたよ……っ」

「……助《たす》けるにきまってる。妃那《ひな》は俺《おれ》にとって特別《とくべつ》だから」

胸《むね》がざわざわ騒《さわ》がしくて落《お》ち着《つ》かない。

もう、自分《じぶん》の中《なか》の気持《きも》ちをおさえることなんかできない。

「雪都《ゆきと》くん……好《す》き」

伝《つた》えるなら今《いま》しかないと思《おも》ったの。

抱《だ》きしめられてるから、雪都《ゆきと》くんの顔《かお》が見《み》えない。

数秒《すうびょう》、沈黙《ちんもく》が続《つづ》いたあと……わずかに抱《だ》きしめる力《ちから》がギュッと強《つよ》くなって——。

「俺《おれ》も……妃那《ひな》が好《す》き」

耳《みみ》もとで甘《あま》い声《こえ》がした。

「……ほ、ほんとにっ？」

嘘《うそ》みたい……雪都《ゆきと》くんがわたしを好《す》きなんて。

これ、夢《ゆめ》じゃないよね……っ？

「こんな好《す》きなの……妃那《ひな》だけ」

「んっ……」

ゆっくり優《やさ》しく唇《くちびる》が重《かさ》なった。

ほんの少《すこ》し触《ふ》れたあと、ゆっくり離《はな》れた。

でも、お互《たが》いの距離《きょり》は近《ちか》いまま、間近《まぢか》で視《し》線《せん》がぶつかる。

「幸《しあわ》せすぎて、夢《ゆめ》みたい……っ」

「夢《ゆめ》にされたら困《こま》る。俺《おれ》の彼女《かのじょ》になってくれるんじゃないの？」

「ほんとに、わたしでいいの……？」

「妃那《ひな》しか欲《ほ》しくない」

こんな甘《あま》いの、もたないのに。

「……今《いま》よりもっと俺《おれ》だけに夢中《むちゅう》になって」

彼氏《かれし》になった雪都《ゆきと》くんは、今《いま》よりもっと甘《あま》くなる……予感《よかん》。

甘《あま》いハプニング

雪都《ゆきと》くんの彼女《かのじょ》になってから、早《はや》くも一《いっ》か月《げつ》が過《す》ぎた。

「ほ、ほんとに手《て》つなぐの……？」

「俺《おれ》は早《はや》く妃那《ひな》が彼女《かのじょ》だって、周《まわ》りにわからせたいんだけど」

じつは、ここ一《いっ》か月間《げつかん》ずっと、周《まわ》りには付《つ》き合《あ》ってるのを内緒《ないしょ》にしてほしいっておねがいしてた。

だって、雪都《ゆきと》くんの彼女《かのじょ》がわたしなんてわかれば、それこそあっという間《ま》に学園中《がくえんじゅう》にウワサが広《ひろ》がるだろうし。

だから、わたしの心《こころ》の準備《じゅんび》ができるまで、一《いっ》か月《げつ》はとりあえず待《ま》ってもらった。

「もし何《なに》か言《い》ってくるやついたら俺《おれ》が始末《しまつ》するから」

「始末《しまつ》っていうのは、ちょっと物騒《ぶっそう》じゃないかな⁉」

「あと、妃那《ひな》に近寄《ちかよ》ってくる男《おとこ》は全員消《ぜんいんけ》す」

「け、消《け》すとか言《い》っちゃダメ！」

朝《あさ》は毎日《まいにち》こうして家《いえ》まで迎《むか》えに来《き》てくれて、放課後《ほうかご》もほとんど一緒《いっしょ》に帰《かえ》ってる。

雪都《ゆきと》くんの彼女《かのじょ》になってから、毎日《まいにち》がほんとに幸《しあわ》せすぎて。

「もう妃那《ひな》は俺《おれ》のなんだからさ……他《ほか》の男《おとこ》になんか渡《わた》さない」

「うっ、わ……わかったからぁ！」

雪都《ゆきと》くんのストレートに甘《あま》い言葉《ことば》に、ドキドキさせられっぱなし。


結局《けっきょく》、学園《がくえん》に行《い》くまで手《て》をつなぐことになったんだけど……。

周《まわ》りの視線《しせん》は気《き》になるし、心臓《しんぞう》ものすごいバクバクだし。

手《て》をつなぐのは、はじめてじゃないし……少《すこ》しずつなれてきたはずなのに。

「はぁ、うぅ……わたし登校《とうこう》した瞬間《しゅんかん》、袋《ふくろ》だたきにされるかも」

「妃那《ひな》は今日《きょう》もかわいー」

「会話《かいわ》がかみ合《あ》ってないよぉ……」

平常心《へいじょうしん》を保《たも》てないわたしとは対照的《たいしょうてき》に、雪都《ゆきと》くんは通常運転《つうじょううんてん》……この差《さ》っていったい……。

学園《がくえん》が近《ちか》づくにつれて、生徒《せいと》も増《ふ》えてきて、ものすごい注目《ちゅうもく》を浴《あ》びてるのがわかる。

「ねぇ、あのふたりって付《つ》き合《あ》ってるの⁉　手《て》つないでるよ⁉」

「ほんとだ！　付《つ》き合《あ》ってるってウワサ流《なが》れてたけど、ほんとだったんだ！」

そ、そんなウワサがいつの間《ま》に……。

やっぱり周《まわ》りの視線《しせん》に耐《た》えられない……。

「えー、あんなイケメン彼氏《かれし》がいるとかうらやましすぎる〜！」

「わかる〜。まあ、桃園《ももぞの》さんもかわいいしお似合《にあ》いだよね〜」

雪都《ゆきと》くんは周《まわ》りをまったく気《き》にしていないのか、わたしの手《て》を引《ひ》いてどんどん歩《ある》く。

クラスに着《つ》いたころには、なぜかドッと疲《つか》れが。

「雪都《ゆきと》さん、妃那《ひな》さん、おはようっす！　朝《あさ》からすごい注目《ちゅうもく》されてましたね！」

「う、有垣《うがき》くん……。もうそれ言《い》わないで……」

「あれ、妃那《ひな》さんなんかお疲《つか》れっすね」

「雪都《ゆきと》くんと手《て》つないでるだけで寿命《じゅみょう》ちぢみそうだよ……」

「まあ、仕方《しかた》ないですよ。雪都《ゆきと》さんが彼女連《かのじょつ》れて歩《ある》いてるなんてこと、他《ほか》の女子《じょし》たちから
したら衝撃《しょうげき》ですし」

「ぬぁ、雪都《ゆきと》くん……重《おも》いよ！」

有垣《うがき》くんと話《はな》してたら、雪都《ゆきと》くんが後《うし》ろからガバッと抱《だ》きついてきた。

ほら、こんなべったりしてたらますます注目集《ちゅうもくあつ》めるから……！

「妃那《ひな》にくっついてないと死《し》ぬ」

「なっ、うぅ……、有垣《うがき》くんどうにかして……！」

「いや、俺《おれ》には無理《むり》っすよ。雪都《ゆきと》さんの妃那《ひな》さんへの溺愛度《できあいど》すごいんで」

結局《けっきょく》、ホームルームが始《はじ》まるまでずっとこんな状態《じょうたい》。


そして、あっという間《ま》に放課後《ほうかご》を迎《むか》えた。

今日《きょう》お父《とう》さんは出張《しゅっちょう》、お母《かあ》さんは遠方《えんぽう》の親戚《しんせき》に用事《ようじ》があって、ふたりとも明日《あした》まで帰《かえ》ってこない。なので、家《いえ》に帰《かえ》ったらひとりになる。

えっと、たしか家《いえ》のカギはちゃんと持《も》ってきて……って、あれ。

「う、うそ……！　カギ忘《わす》れちゃった!?」

朝《あさ》たしかにカバンの中《なか》に入《い》れたはずなのに！

もしかして、玄関《げんかん》に置《お》いてきちゃった!?

「妃那《ひな》、どーした」

「ゆ、雪都《ゆきと》くん！　それが、わたし家《いえ》のカギを忘《わす》れちゃって！」

今日《きょう》、お父《とう》さんもお母《かあ》さんも家《いえ》に帰《かえ》ってこないことを雪都《ゆきと》くんに話《はな》すと……。

「んじゃ、うち来《く》る？」

「へ……？」

——ということで、まさかの雪都《ゆきと》くんのおうちに行《い》くことに。

なんかすごい流《なが》れで決《き》まっちゃった。

けど、これって雪都《ゆきと》くんの家《いえ》でお泊《と》まりするってこと……だよね？

「妃那《ひな》」

「……はっ、うわ！」

「そんなとこ突《つ》っ立《た》ってないで中《なか》に入《はい》っていいよ」

雪都《ゆきと》くんのおうちは、とても立派《りっぱ》な一軒家《いっけんや》。

広々《ひろびろ》とした玄関《げんかん》から長《なが》い廊下《ろうか》を抜《ぬ》けると、広《ひろ》いリビングが。

何気《なにげ》に雪都《ゆきと》くんのおうちに来《き》たのははじめてだ。

き、緊張《きんちょう》する……。

「テキトーにそのへん座《すわ》って」

うわ、ソファふかふかだ。なんか落《お》ち着《つ》かないなぁ……。

ソワソワしながら、周《まわ》りを見《み》ちゃう。壁《かべ》は真《ま》っ白《しろ》で、家具《かぐ》も白《しろ》や黒《くろ》で統一《とういつ》されてるし、とってもオシャレ。

「えっと、この時間《じかん》は家《いえ》に雪都《ゆきと》くんだけなの？」

「ん、そう。両親共働《りょうしんともばたら》きだから帰《かえ》ってくるの夜《よる》になる」

「いきなりわたしが来《き》て迷惑《めいわく》じゃないかな」

「彼女《かのじょ》連《つ》れてきてるって言《い》ってあるから」

「えっ、そうなの!?」

「とくに母《かあ》さんが妃那《ひな》に会《あ》いたがってた。なるべく仕事早《しごとはや》く終《お》わらせて帰《かえ》るって」

ど、どうしよう。いきなり雪都《ゆきと》くんのお父《とう》さんとお母《かあ》さんに会《あ》うことになるなんて。

しかも、雪都《ゆきと》くんの彼女《かのじょ》として……！

「そういえば、柊都《しゅうと》くんは？」

「あー、なんか創士《そうし》と遊《あそ》んでくるって」

「な、なるほど」

「妃那《ひな》が来《き》てること柊都《しゅうと》には内緒《ないしょ》にしてるから」

「え、どうして？」

「だって、アイツぜったいジャマしてくるし」

つまり、今《いま》は雪都《ゆきと》くんとふたりっきり……。

うわぁ、なんかドキドキしてきた。

それから、雪都《ゆきと》くんとリビングでＤＶＤを見《み》て過《す》ごしたあと、晩《ばん》ごはんを一緒《いっしょ》に作《つく》ることに。

「あの、雪都《ゆきと》くん！　料理《りょうり》のジャマするならあっちで待《ま》ってて！」

「んー……妃那《ひな》にくっついてる」

キッチンに立《た》ってると、雪都《ゆきと》くんが後《うし》ろから抱《だ》きついてきた。

ぜったい料理《りょうり》する気《き》ゼロじゃん。

「ってか、ジャマはしてなくない？」

「う、動《うご》きにくいし……雪都《ゆきと》くん近《ちか》いんだってば！」

付《つ》き合《あ》ってから、雪都《ゆきと》くんの甘《あま》さもっと増《ま》してる。

それに全然《ぜんぜん》なれなくて、わたしばっかりがドキドキしてる。

「そろそろなれてほしいんだけどね」

「む、むりむり……っ！」

それから、なんとか雪都《ゆきと》くんに離《はな》れてもらって料理《りょうり》が完成《かんせい》。

「雪都《ゆきと》くんのお父《とう》さんとお母《かあ》さんの分《ぶん》も作《つく》ったけど、よかったかな」

「ふたりともよろこぶと思《おも》う」

柊都《しゅうと》くんは外《そと》で食《た》べてくるみたいなので、雪都《ゆきと》くんとふたりで晩《ばん》ごはんを食《た》べた。

そして、時刻《じこく》は夜《よる》の七時《しちじ》を回《まわ》った。

「雪都《ゆきと》くんとこんな時間《じかん》まで一緒《いっしょ》にいるの不思議《ふしぎ》な感《かん》じ」

「そーだね。俺《おれ》は妃那《ひな》と一緒《いっしょ》にいられてうれしいけど」

「わたしも今日《きょう》はバイバイしなくていいの、うれしい……」

好《す》きな人《ひと》とずっと一緒《いっしょ》って、ドキドキするけど……。

離《はな》れなくていいのがちょっとうれしかったり……なんだか特別《とくべつ》な感《かん》じがする。

「はぁー……妃那《ひな》かわいすぎる」

「っ……？」

「俺《おれ》の心臓《しんぞう》がもつか心配《しんぱい》になってきた」

さらに深《ふか》いため息《いき》をついてる雪都《ゆきと》くん。

このあと一時間《いちじかん》くらいお風呂《ふろ》を借《か》りて、いま髪《かみ》をかわかし終《お》わったところ。

「やっぱり雪都《ゆきと》くんの服大《ふくおお》きいなぁ」

着替《きが》えは雪都《ゆきと》くんのスウェットを借《か》りた。

手《て》も脚《あし》も長《なが》さが全然違《ぜんぜんちが》うし、わたしが着《き》るとダボッとしてる。

「えっと、雪都《ゆきと》くん。お風呂《ふろ》ありがと——わわっ」

リビングに戻《もど》ると、なぜかいきなり抱《だ》きしめられちゃった。

「……想像《そうぞう》を超《こ》えるかわいさ」

「えっ？」

またまた深《ふか》いため息《いき》をついてる。

「そんな無防備《むぼうび》な姿《すがた》……俺《おれ》にしか見《み》せちゃダメ」

「きゃっ」

お姫《ひめ》さま抱《だ》っこで二階《にかい》の部屋《へや》へ連《つ》れていかれた。

ここは雪都《ゆきと》くんの部屋《へや》……かな？

とってもシンプルで、無駄《むだ》なものがまったくないのが雪都《ゆきと》くんらしいなぁ。

「ええっと、雪都《ゆきと》く——」

「今《いま》から寝《ね》るまで俺《おれ》の部屋《へや》から出《で》るのダメ」

「えっ、どうして？」

「柊都《しゅうと》に妃那《ひな》のそんなかわいい姿《すがた》、見《み》せるわけにはいかない」

「かわいい……？」

「なんでそこ疑問《ぎもん》に思《おも》うわけ」

「だって、スウェットはダボダボだし……」

「いや、それが最強《さいきょう》にかわいいんだって。自覚《じかく》ないのかんべんしてよ」

今日《きょう》の雪都《ゆきと》は、ため息《いき》ばっかり。

それに、雪都《ゆきと》くんのかわいいの基準《きじゅん》がいまいちよくわかんない。

「妃那《ひな》のぜんぶかわいすぎて俺《おれ》がおかしくなりそう」

「うぅ……そんなかわいいばっかりずるい……」

「だってほんとのことだし」

「わたしのほうがドキドキしすぎておかしくなる……っ」

いつもあんまり表情《ひょうじょう》をくずさない雪都《ゆきと》くんが、自分《じぶん》の手《て》で顔《かお》をおおった。

ちょっと困《こま》った顔《かお》してる？

「それならさ……今日《きょう》は俺《おれ》と一緒《いっしょ》に寝《ね》る？」

「え、えぇ⁉」

「ふっ、さすがに冗談《じょうだん》だよ」

「なっ、う……か、からかうの禁止《きんし》！」

「でも、いつか一緒《いっしょ》に寝《ね》よーね」

いたずらな笑《え》みを浮《う》かべて、甘《あま》いキスを落《お》とした。

「これからも妃那《ひな》のかわいさぜんぶ独占《どくせん》させて」

最強総長《さいきょうそうちょう》さまが甘《あま》い素顔《すがお》を見《み》せるのは、きっとわたし限定《げんてい》。

＊END＊

あとがき

いつも応援《おうえん》ありがとうございます、みゅーな**です。

この度《たび》は、数《かず》ある書籍《しょせき》の中《なか》から『ふたごの最強《さいきょう》総長《そうちょう》さまが甘々《あまあま》に独占《どくせん》してくる（汗《あせ》）』をお手《て》に取《と》ってくださり、ありがとうございます。

今回《こんかい》、はじめてジュニア文庫《ぶんこ》で一冊《いっさつ》まるごと書《か》かせていただくことができ、本当《ほんとう》にうれしいです！

いつも応援《おうえん》してくださる皆《みな》さまのおかげです。ありがとうございます！

今作《こんさく》は、ふたご×総長《そうちょう》という普段《ふだん》書《か》かないジャンルでしたが、楽《たの》しく書《か》くことができました。読者《どくしゃ》の皆様《みなさま》に、少《すこ》しでも楽《たの》しんでいただけたらうれしいです！

そして、この作品《さくひん》に携《たずさ》わってくださった皆《みな》さま、本当《ほんとう》にありがとうございました。

今回《こんかい》イラストを担当《たんとう》してくださった久我山《くがやま》ぼん様《さま》。カバーイラストはもちろん、たくさんの挿絵《さしえ》がどれも本当《ほんとう》にかわいくて、原稿作業《げんこうさぎょう》のモチベーションになっていました。妃《ひ》那《な》と雪都《ゆきと》と柊都《しゅうと》が三人一緒《さんにんいっしょ》にいる挿絵《さしえ》がとても気《き》に入《い》ってます！

ここまで読《よ》んでくださった読者《どくしゃ》の皆《みな》さま、本当《ほんとう》にありがとうございました！

二〇二四年十一月二〇日　みゅーな**

野いちごジュニア文庫

著・みゅーな＊＊
中部地方在住。４月生まれのおひつじ座。ひとりの時間をこよなく愛すマイペースな自由人。好きなことはとことん頑張る、興味のないことはとことん頑張らないタイプ。無気力男子と甘い溺愛の話が大好き。近刊は『クールな綺堂くんの理性が夜だけ狂います。』など 。

絵・久我山ぼん（くがやま　ぼん）
岐阜県出身、埼玉県在住。noicomi で『１日 10 分、俺とハグをしよう』（原作：Ena.）のコミカライズを担当。児童書やケータイ小説などのイラストも手掛ける。

ふたごの最強総長さまが甘々に独占してくる（汗）
【取り扱い注意⚠最強男子シリーズ】

2024 年 11 月 20 日 初版第 1 刷発行

著　　者　みゅーな＊＊　
発 行 人　菊地修一
デザイン　カバー AFTERGLOW
　　　　　フォーマット 北國ヤヨイ（ucai）
発 行 所　スターツ出版株式会社
　　　　　〒104-0031 東京都中央区京橋 1-3-1 八重洲口大栄ビル 7F
　　　　　TEL 03-6202-0386（出版マーケティンググループ）
　　　　　TEL 050-5538-5679（書店様向けご注文専用ダイヤル）
　　　　　https://starts-pub.jp/
印 刷 所　大日本印刷株式会社

Printed in Japan
ISBN 978-4-8137-8184-4 C8293

ファンレターのあて先

〒104-0031　東京都中央区京橋 1-3-1 八重洲口大栄ビル 7F
スターツ出版（株）書籍編集部 気付
みゅーな＊＊ 先生
いただいたお便りは編集部から先生におわたしいたします。